良寛の俳句

～その面白さ

はじめに

江戸末期、越後が生んだ良寛さまといえば、まず書であり、漢詩であり、和歌である。しかし、数は少ないものの俳句も作っている。彼の俳句は、多分に父の山本以南の影響であろう。

以南は、城下町与板（長岡市与板）の大庄屋新木家から、出雲崎の名主山本家に養子に入った人であり、元々俳句に造詣が深く、芭蕉の伝統を受け継ぐ第一人者だといわれるほどの人であった。

良寛が、俳句に関心を持ち、親しむようになったのは、父の以南の影響を受け継いだことといえよう。

良寛の俳句の特徴は、即興性とユーモアにあるといわれているが、その良寛の俳句を取り上げて、良寛の生きた時代背景や良寛の生き方、人生観を、彼のエピソードなどを交えながら紹介、解説を試みた。

良寛の俳句は、新年の句が三句、春の句が二十一句、夏の句が二十句、秋の句が三十六句、そして冬の句が十五句、更に無季の句が十二句と、わずか一〇七句で、漢詩や和歌とくらべ数少ないものの、その句は、実感的であり、自然を詠った句が多い。そして何よりも自然に対して親しみが込められている。自然の動き、推移に対し親しみと驚きを持って接し、常に新鮮なものへの感嘆がある。

良寛は、いつも端々しい眼で物事を見ていたのである。

また良寛の句は、何よりも人間的な温かさが、充満している。それは、良寛の人間性のしからしめる所であろう。

そしてまた良寛の俳句は、平明で、わかり易く、素直であり、読んですぐ共感が湧くのである。

さらに僧侶である良寛は、その句の中に、「菩提の花」、「鉢叩《たたき》」、「蘇迷盧《そめいろ》」、「摩頂《まちょう》して」などの佛教語を用いているが、僧である良寛にしてみれば、至極当然のことである。

しかし、それ程に気にならないのである。

良寛は、難しい佛教語を上手に句に融けこませ、佛教の核心を衝きながら詠んでいるのである。

良寛は物事に対しての対応力、応用力に抜群の力を持っていたのである。

まさに真の俳人であり、文学者だったのである。

そしてまた、良寛の句には、日本や中国の古典を題材、背景にした句が多く見られるが、中でも万葉集や新古今和歌集、そして松尾芭蕉などの影響を強く受けている。

一方中国では、『論語』の中の孔子や顔回からの影響が大きい。

良寛は、このように、その道の古典や書籍、そして先達の人たちを大切にし、また尊敬を払っていたのである。

そして、惜しむらくは、良寛の晩年、島崎の木村家で過した折に、あの貞心尼との出会いがあったのであるが、残念ながらその折の俳句はないようだ。

良寛と貞心尼の清らかな情愛の俳句が、もしあったならばと思うこと頻りである。

挿絵：「こしの千涯」画伯

相馬御風に、「こしの千涯」の雅号と「良寛に生きよ」の激励の言葉を与えられ、良寛一筋に、良寛の心を描いた画家として、1958年新潟市で清貧のせ生涯を終えた。

目次

新年の部

1

のっぺりと師走も知らず今朝の春

季語は、「今朝の春」。元旦のこと。

※「のっぺりと」は、何の変化もなく穏やかな様子。

※「師走」は、十二月。

十二月の声を聞けば世の中は、いろいろなことで心忙しくなる。良寛の時代は、「盆・暮れ勘定」であり、売買した品物の代金を盆と師走に支払ったのである。借金取りが、大晦日の夜、新しい年を迎えるまで取り立てにまわったのである。

そんな世知辛く、慌しく動きまわる世の中のことを忘れてしまったかのように、穏やかな新しい年を迎えたことよ、と詠んでいる。

良寛の住む越後は、雪に閉じこめられ、春になり雪が消えるまで、不自由な生活を強いられた。それだけに、暦の上だけでも、春の到来を心待ちにしていたのである。

良寛にこんな歌がある。

みそかの日　雪こぼつがごと降りければ
梓弓はるをとなりのけふの日を
いつと知りてかみ雪ふるらん

2

よそでも顔は白いぞ嫁《よめ》が君《きみ》

季語は、「嫁が君」、正月三が日に出没するねずみのこと。

※「よそは」は、装ふの意、化粧をするという意味。

白いおしろいで化粧をしなくても、福の神といわれる白ねずみは、顔も白い。そんなねずみが、家にいるということは、この家が、いよいよ栄える吉兆であり、誠におめでたいことであることよ、と詠んでいる。

ねずみは、多産系であり、子孫繁栄の意味もある。

良寛は、新年早々に年始がてらに訪れた家の床の間に、大黒天と白ねずみの掛軸が飾られていた。その掛軸を見ながら、昨秋この家に嫁いできた新妻とを合せ詠んだのである。

3

春雨や門松の〆《しめ》ゆるみけり

季語は、「門松」で正月、門の前に飾る松。
※「〆」は、新年を祝い張る縄、注連とも書く。

正月三ケ日に降る雨を「御降《おさがり》」という。

今年は比較的暖かな新春を迎えたようだ。門前の門松の松飾りを結んだ注連《ちゅうれん》縄が、元日からの雨でゆるんでいるようだ。

そんなゆるんだ注連を見ていると、何となく暖かく物憂い春の到来が予感されることだ。

良寛の心の中には、新しい春を迎え、明るく、楽しく、平穏無事な一年を祈り、期待する気持ちが湧くのはもちろんであるが、その反面、春の物憂さ、そして人生を生きることへの憂さも垣間見られるのである。

春の部

4

春雨や静《しずか》になづる破《や》れふくべ

季語は、「春雨」。
※「なづる」は、なでるの意。
※「破れ」は、破れる。
※「ふくべ」は、瓢箪。

今日もまた春雨がしとしとと降っている。今日は晴れるか、明日は晴れるかと、晴れる日を待っているが、なかなか晴れない。

国上山のさして広くもない庵の中で良寛は、一人静かに、欠けた瓢箪をなでながら、村里の子供等と楽しく遊んだことや托鉢のこと、気の合う村人と酒を酌み交わしたこと等を懐かしく想い出しながら、春雨がやむ時を待っているのである。

良寛の庵の中にある物は、良寛の衣食住を支えるに必要な最低限の物しかなかった。そんな中でも、こわれかけた瓢箪は、良寛の大切な調度品であり、大切にしていたのである。

5

春雨や友を訪ぬる想ひあり

季語は「春雨」。

今日もまた春雨が降っている。しかし冬の雨と違い、何か暖かい。こんな時ふと人懐かしい気持ちが湧いてきて、日頃会いたいと思っている親しい友人に会いに行けたなら、どんなにか喜ぶだろうかと詠んでいる。

良寛の遺墨の短冊には、「牧之への書」と詞書がある。従って「友」というのは、鈴木牧之のことである。

鈴木牧之は、江戸後期に活躍した越後塩沢（新潟県南魚沼市）の人。縮問屋を営みながら、文芸にすぐれ、越後の雪の風俗、習慣等を観察記録した。殊に『北越雪譜』は有名である。

良寛は、この句で「訪ぬる想ひあり」と詠んだが、牧之と会うことはなかった。

6

水の面《も》にあや織りみだる春の雨

季語は「春の雨」。

※「あや」は、さまざまな線や形の模様。

春になり暖かい、やわらかな雨が池に降りそそいでいる。その様子をじっと見ていると、いろいろな波の模様があらわれ、楽しいことだ。またその模様を雨の水滴が、かき乱していくさまは実におもしろく、飽きることはないと詠んでいる。

この句で良寛は、春雨の池の水面のいろいろな変化を、変化し続ける人の世に重ね合せたのであろう。

『新古今和歌集』に、次の歌がある。

水の面にあや織りみだる春雨や
山の緑をなべて染むらん

7

いでわれも今日はまぢ《じ》らむ春の山

季語は「春の山」。

※「いで」は、さあ、どれという意味。

※「まぢらむ」は、分け入ろうとか、入ろうという意味。

国上山の五合庵で一人暮らす良寛にも、越後の遅い春がやって来た。まわりの山々も笑い初め、いろいろな木々が芽吹き始めた。

普段世捨て人のように、山の侘しい庵住いの良寛にとっては、待ちに待った春の到来である。

さあ、今日は天気も良いし、世の中の人達のように、私も山に分け入り、春の山を大いに楽しもう。

春を迎えた良寛の喜びと、これから始まる里の村人や子供達との交流を心待ちにしている良寛の心の昂《たかま》りが表出されている一句である。

更に良寛は、春を迎えた気持ちを和歌に託し詠っている。

いざ我れも浮世の中に交りなむ
こぞの古巣を今朝立ち出でて

8

新池《あらいけ》や蛙とびこむ音もなし

季語は「蛙」。

「古池や蛙とびこむ水の音」、この句は松尾芭蕉の代表的な句であり、実に有名だ。良寛は、この句を念頭におきながら、「古池」を「新池《あらいけ》」に、そして「水の音」を「音もなし」に読み替えたのである。

俳諧は、芭蕉によって確立したのであるが、それ以来、芭蕉を凌ぐような俳諧人が出ていないことに良寛は、暗に俳句界を批判し、またその反面、俳句界を鼓舞、激励しているのである。

芭蕉が活躍したのは江戸前期であり、貞門や談林の俳風を越えて俳諧に高い文学性を与え、蕉風を確立したのである。そして多くの名句と紀行文を残し、有名な「旅に病んで夢は枯野をかけめぐる」を残し没している。

良寛と親交があり、国上山の庵を訪ねたこともある。江戸の文人亀田鵬斎に、左の句がある。

古池やその後とびこむ蛙なし

9

夢さめて聞けば蛙の遠音かな

季語は「蛙」。

※「遠音」は、遠くから聞こえてくる音。

良寛の俳句の中に蛙を詠った句は、三、四句あるようだ。良寛は、春の風物詩である蛙をとりわけ好んだ。この句の詞書に「山寺に宿りて」とある。山寺に一夜の宿を借りて一眠《ひと》りしたところ、ふと目が覚めた。夜明けかと思ったが、あたりはまだ暗い。耳をそばだてると昨夜床につく折には蛙の鳴き声が、寺の前の田原や池からにぎやかに聞こえたが、一眠りした今では蛙の鳴き声は、そんなににぎやかではなく遠くから、かすかに聞こえてくるだけだ。

夜明けが近づいたようだ。

10

山里は蛙《かわず》の声になりにけり

季語は「蛙」。
※「けり」は、詠嘆の切字。

良寛の住んでいる山里にも、ようやく春が来た。その喜びの句である。厳しかった冬も雪消えと共に終わりを告げ、木々はやわらかな緑の芽を吹き、田原では蛙がケケロケロと鳴き始める。

長く厳しかった良寛の里にも春が訪れ、蛙の大合唱が始まった。冬の間はどこへも行けず庵にこもってばかりいたが、これからは山を下り里に出て托鉢をしたり、村の子供達とかくれんぼや手鞠つきを楽しむことができることよ。

良寛は、待ちに待った春の到来の喜びを和歌に詠っている。

この里に手まりつきつつ子どもらと
遊ぶ春日は暮れずともよし

霞立つ永き春日に子どもらと
手まりつきつつこの日暮らしつ

11

今日来《こ》ずば明日は散りなむ梅の花

季語は「梅の花」。
※「来ずば」は、来なければの意。
※「散りなむ」は、散ってしまうだろうの意。

早春、豊かな香りを漂わせながら庭の梅が美事に花をつけた。かねてより友に梅見に来るよう誘ったがなかなか来ない。今日くらいに来なければ、明日になればきっと散ってしまうだろうに。だから是非今日見に来て欲しいものだと詠んでいる。

この句は、越後新潟の岩田洲尾という文人の描いた梅の樹の画賛である。岩田洲尾は、良寛よりも三十四、五歳も年少だったが、良寛に心から感服、傾倒し、しばしば良寛の庵を訪れ、詩歌について歓談したという。

12

青みたるなかに辛夷《こぶし》の花ざかり

季語は「辛夷」。早春雪の多い地方では残雪の中から白い六弁の大きな花をつける。

辛夷の花は、山々の木々がまだ芽吹かない早春、多くの花に先がけて大きな白い花を咲かせるのであるが、今年もまた長く厳しかった冬がようやく終わりを告げ良寛の里にも春が訪れた。周りの山々が薄緑色を帯びてきた。朝夕の風は、まだ肌寒いものの確かに春が来た。

そんな山々を見ていると、所々白い辛夷の花が咲き誇っている。いよいよ春だ。

また、山を下り里に出て、托鉢をしたり、村の子供達と手鞠遊びや、かくれんぼをしよう。

薄緑色の山々と、その中に一きわ目を引く辛夷の白さ、鮮やかなコントラストの佳句である。

13

雪しろのかかる芝生のつくづくし

季語は「雪しろ」、「つくづくし」。

※「雪しろ」は、雪解の水。

※「つくづくし」は、土筆、つくし。

良寛の時代の越後は、毎年のように水害に悩まされた。蒲原地方に広がる越後平野は、沼や潟が多く雪解けや梅雨の末期、そして秋の長雨等に、農民達は大変苦労したのである。

明治二十九年（一八九六年）の「横田切れ」は、田畑のみならず家屋、牛馬はもちろんのこと農民までも押し流した大災害だったのである。

昭和六年（一九三一年）に大河津分水が完成して、やっと水害の恐れがなくなり、今や一大穀倉地帯となったのである。

この句は、春の訪れと共に雪解けの水が溢れ出て、野原の芝生まで水に漬っている。その中をつくしが、健気に、力強く萌え出ている様子を描写したものである。

良寛は、その情景を観察し、自然の力強さに感嘆すると共に、春の到来を喜んでいるのである。

14

雪しろの寄する古野のつくづくし

季語は「雪しろ」、「つくづくし」。

※「雪しろ」は、雪解けの水。

※「つくづくし」は、土筆、つくし。

早春の三月中頃になると、何となく暖かさを感じ始める。野原はまだ一面雪で覆われているが、昼頃になれば気温も上がり雪が解け始める。

去年の枯れ野に雪解水が流れ出て、萌え出でたばかりのつくしまで水に漬っている。それでもつくしは、雪解水に負けずに力強く、頭を揺らせながらも萌え出でいる。

この句は、文政十二年（一八二九年）、良寛七十二歳の頃の作という。この句に関連して、弟由之との歌がある。

ひさかたの雪げの水にぬれにつつ
春のものとて摘みて来にけり　良寛

我がために君が摘みてし初若葉
見れば雪間に春ぞ知らるる　由之

15

雪汁や古野にかかるつくづくし

季語は「雪汁」、「つくづくし」。
※「雪汁」は、雪解けの水。
※「古野」は、前の年から草が生えている野。
※「つくづくし」は、土筆、つくし。

長かった冬もようやく去り、少し暖くなると野の雪が解け始める。冬の間、雪に覆われていた野原が、顔をのぞかせる。しばらくすると去年の枯れ野に、つくしが芽を出す。

良寛は、それをじっと眺め、つくしが雪解けの水に流されず、力強く萌え出る様子を見て感動しているのである。

春の到来を喜び、万物自然の営みに驚きの眼を凝しているのである。

尚、「雪汁」の句に、次の句がある。

雪汁のぬくみいそげよ芝の花　　智月

雪汁や蛤《はまぐり》いかす庭のすみ　　木白

16

鶯に夢さまされし朝げかな

季語は「鶯」。

※「朝げ」は、夜明け方。

今朝良寛は、朝寝坊をしてしまったらしい。鶯の鳴き声で目を覚ましたのである。昨日は村里におりて、托鉢をしていたのであるが、顔馴染の家に招かれ、大好きな酒を少々振舞われた。

もともと酒好きの良寛はたいへん喜び、一杯が二杯、二杯が三杯と盃を重ねて、国上山の五合庵に帰ったのは、かなり遅くなってからである。すぐ床に入り、ぐっすり寝込んでしまった。明け方には、幼い頃母と一緒に浜で遊んでいる夢を見ていたようだ。

何の親孝行もできなかった今は、亡き母の夢をもう少し見たいと思いながら目覚めたのである。すると長く待ち望んだ春告鳥の鶯が、美しい声で囀っているではないか。

17

鶯や百人ながら気がつかず

季語は「鶯」。
※「百人」は、藤原定家が撰した小倉百人一首の歌人達。
※「ながら」は、そっくりそのままの意。

春を表現する代表的な鶯は、古来詩歌の題材として多くの歌人・俳人に詠まれてきた。しかしどうしたことか、あの有名な『小倉百人一首』には鶯を歌った歌人は一人もいない。

天皇から貴族、役人、僧、武人、庶民、農民を網羅した百人もの歌人が、皆鶯を忘れたのだろうか。何とも不思議なことであることよ。

この句は、良寛の詩歌への学識の深さを如実に示している。

こんな話がある。良寛晩年の頃である。良寛の外護者の一人である解良家の息子が、「詩歌を学ぶにはどんな本を読んだらよいか」と尋ねた。すると良寛は、「万葉集を読みなさい」と答えた。更に「万葉集は自分には難解だ」と言うと、良寛は、「解る歌だけで充分勉強になるのだよ」と答え、次に古今和歌集も勧めた。

良寛は、『万葉集』から多くを学んだのであり、その歌は万葉調とまでいわれている。

18

梅が香の朝日に匂へ夕桜

季語は「梅が香」、「夕桜」。

梅も桜も春を代表する季題である。時期的には梅が早く咲き、程なく桜が咲く。

梅は、長く厳しい冬の風雪に耐えて、花を咲かせその香気は、高く多くの詩歌に詠まれている。

桜は、日本を代表する花であり、花といえば桜を意味する程だ。しかし香気は、あるものの梅のように高くはない。

夕方の桜の花は、なかなか味のあるものであるが、あの朝日を受けて香気豊かに香る梅のように、桜も香り高く匂って欲しいものだと詠んでいる。

良寛は、梅をこよなく賞美したようだ。

梅と鶯を取り合せた次の歌がある。

梅の花散らば惜しけんうぐひすの
声のかぎりはこの園に鳴け

19

世の中は桜の花になりにけり

季語は「桜の花」。

※「世の中」は、人々の生活する場。

※「けり」は、詠嘆の助動詞で切字。

春になり、ようやく山々の桜が咲き出した。村里も、良寛の住んでいる国上山の桜も咲きだし、まさに春爛漫の季節となった。

世の中の人々は、桜の花に浮かれ、あちこちで花見の宴を催している。世の中は、桜の花一色であることよ、と詠んでいる。

桜の花は、花盛りになると樹そのものが、こんもりとして盛り上がったような感じを受ける。何とも美しく、人々の心を引きつけるのである。しかし雨や風により、たちまち散ってしまうという潔さがある。昔の武士の潔さと相通ずるものがあるようだ。

大島蓼太《りょうた》に、こんな句がある。

世の中は三日見ぬ間の桜かな

20

山は花酒屋酒屋の杉ばやし

季語は「花」。

※「酒屋」は、酒を造る蔵元、あるいは酒を売る店であるが、この句では「酒屋」と「咲かや」との掛詞。

※「杉ばやし」は、杉の林であるが、ここでは「杉の林」と酒屋の看板である「酒ばやし」を重ねている。「酒ばやし」は、酒屋の軒先等に葉のついた杉の小枝を束ねて球形にして吊したもの。この句の「はやし」は「林」と「囃」の掛詞となっている。

春になり、良寛の住む国上山も桜が咲き出した。その桜を見ながら、良寛は思うのである。桜の花が山いっぱいに咲いて欲しいものだ。そしてまた「酒屋」、すなわち「咲けや」の言葉にゆかりのあるどの「酒屋」も、杉の林から取ってきて作った「酒《さか》ばやし」が、飾られ、花見の人達が、花見酒に酔いながら囃唄を歌うことだろう。

良寛のこの句は、掛詞を多用し、技巧を凝らした句となっている。

良寛の知人には、酒造業者が多くいた。昔はその土地、土地の有力者が酒造りを営んでいたのである。

21

同じくば花の下《もと》にて一とよ寝む

季語は「花の下」。
※「同じくば」は、同じことならばの意。

良寛は、この句で次のように詠っている。どうせ野に寝るならば、あの尊敬する西行法師が詠ったように満開の桜の樹の下で、一夜だけでも寝てみたいものよ。是非そうしよう。

この句は、西行の歌集『山家集』にある次の歌に影響されていることは論を待たない。

願はくは花の下にて春死なむ
そのきさらぎの望月のころ

西行のこの歌は、特に有名である。桜の花の美しさを讃美すると同時に、佛教の開祖、釈尊への帰依を心より願っているのである。釈尊は、二月十五日八十歳で入滅している。西行も、帰依する釈尊と同じく、その日亡くなりたいと願っているのである。

良寛もまた、この句のように西行に私淑しながら、釈尊に深く帰依し、すがっているのである。良寛の広い知識と心情が如実に伺える。

22

須磨寺の昔を問《と》へば山桜

季語は「山桜」。

※「須磨寺」は、神戸市須磨にある寺、福祥寺のこと。源平合戦の折、平敦盛が愛用した笛がある。

この句は、『須磨紀行』の冒頭にある。

はるばるとやって来て念願の須磨寺を参拝し、その昔の源平の合戦のこと等を尋ねてみると、それに返事をするかのように、早咲きの山桜が咲き始めているではないか。

須磨は、歌枕の地であり、古歌に詠み込まれた名所である。この紀行文中に次の一句がある。

よしや寝む須磨の浦わの波枕

良寛は、諸国放浪中であったか、帰郷の途中であったか、はっきりしないがおそらく近くの綱敷天神の境内で、一夜の旅寝をしたのであろう。

また、松尾芭蕉の『笈《おい》の小文《こぶみ》』には、次の句がある。

須磨寺や吹かぬ笛きく木下《こした》やみ

23

この宮や辛夷《こぶし》の花に散る桜

季語は「辛夷、桜」。

※「辛夷」は早春、葉に先立ち白い花をつける。

早春この神社に来てみると、真白い辛夷の花が咲き今、見頃である。それにしても、辛夷より遅く咲く桜が何んと散り始めているではないか。

「この宮」は、どこの神社かはっきりしない。

良寛の経歴によれば、二十二歳の時、岡山の玉島円通寺の国仙和尚に就いて得度、円通寺に赴くのである。そして修行の後三十三歳の折、師国仙和尚より印可の偈《げ》を受けるのである。それから、諸国行脚を経て故里越後の国上山の五合庵には、四十歳から五十九歳までの十九年間住み暮らし、その後は国上山の麓の乙子神社の草庵に移り住んでいる。

このことからすれば、「この宮」は、乙子神社か、あるいはしばしば訪れたことのある渡部（新潟県燕市）の菅原神社か特定できない。

辛夷より、桜が先に咲いたように詠まれているが、山桜のように早く咲く桜もある。

良寛にこんな歌がある。

いざ子供山べに行かむ桜見に
明日とも言はば散りもこそせめ

こしの千涯 画

良寛さんと連れだって

24

散《ち》る桜残る桜も散る桜

季語は「桜」。

満開の桜は、いつまでも咲いているわけではない。やがては散ってしまうのである。しかしその散り方が、比較的早いものもあるし、そうでないものもある。風の吹き方や気温等等の自然のいろいろな条件により左右されるのである。

今を盛りに咲き誇る満開の桜も散り急ぐものもあれば、なかなか散らないものもある。しかしやがて皆散ってしまうのは、何とはかないことであろう。

この句は、桜の花を詠っているが、実は人間の宿命をそれとなく暗示している。枝に残った桜も、やがては必ず散るのである。人間の生命も長い、短いはあるけれども、必ずや死ぬべき運命にあるのだ。人間の運命を桜の花になぞらえて詠んだのだろう。

さて、この句を良寛辞世の句と考える向きもあるようだが、良寛の最期を看取ったのは、弟の由之であり、貞心尼であり、身を寄せていた島崎の木村家の人達である。しかし、誰もこの句のことを書き残していない。

夏の部

25

誰《た》れ聞けと真菰《まこも》が原のぎやぎやし

季語は「真菰」、「ぎやぎやし」。

※「真菰」は、イネ科の多年草で沼沢に生える。高さ二メートル程になり、筵などにする。

※「ぎやぎやし」は、行々子。よしきりのこと。

川べりに真菰が、高さ一、二メートルにもなり生い茂っている。その茂みの中、行々子、よしきりが、群れをなして盛んに鳴いている。あの行々子、よしきりは、一体誰に聞いて欲しいのか、しきりに鳴いていることよ。

真菰と行々子、よしきりの取り合せは、夏の風物として、俳句や詩歌によく作られてきた。

良寛は、よしきりが、遠方の仲間を呼んでいるわけでもなく、ただ精いっぱい声を張り上げて鳴く様子に感動し、この句を詠んだのであろう。

よしきりは、力を込めて、頑張って鳴いても、何も得られない。よしきりは、しきりに鳴くことが自然なのである。

良寛も、そのような自然を大切にし、そして純粋さを求めたのである。

26

真昼中真菰《まこも》が原のぎやぎやし

季語は「真菰」、「ぎやぎやし」。
※「真菰」は、イネ科の大形多年草、筵などにする。
※「ぎやぎやし」は、行々子、よしきりのこと。

夏の真昼間、丁度昼寝の頃であろうか。川や沼のほとりに生い茂っている真菰の中で、よしきりが、盛んに鳴いている。何んでそんなに鳴くのだろう。昼寝の邪魔をしないでくれよ、と詠っている。

真菰を詠んだ虚子の句に、

　さはさはと真菰動くや鎌の音

また、行々子、よしきりを詠んだたけしの句に、

　葭《よし》の風葭切たけり啼きにけり

がある。

27

人の皆ねぶたき時のぎやうぎやうし

季語は「ぎやうぎやうし」、よしきりのこと、行々子。

この句は、松尾芭蕉の『嵯峨日記』に載っている。

能なしの眠たし我をぎやうぎやうし

を受けて詠んだものである。

あの芭蕉翁が詠んでいるように、夏の昼下り、人は皆ねむたくて、ねむたくてたまらない時に、よしきりよ、何んでそんなにやかましく鳴きたてるのか。どうか、昼寝をさまたげないで欲しい、と詠んでいる。

よしきりは、スズメ目ウグイス科の鳥で、繁殖期にはよく鳴きながら動きまわり、子育てをする。

よしきりは、子育てのため懸命に飛びまわり鳴くのであり、人々の睡魔を邪魔しようなどとは少しも考えていないのである。

良寛のよしきりに対するねぎらいの気持ちが、伝わってくる。

28

かきつばた我れこの亭《てい》に酔ひにけり

季語は「かきつばた」、初夏から咲くアヤメ科の多年草で、池や湿地に紫や白の花を咲かせる。

かきつばたが、紫や白い花を咲かせる頃、良寛は村里を托鉢しながらまわっていた。この村の庄屋さんは、庭に大きな池をめぐらせ、立派な家屋敷を構えている。

この庄屋さん、詩歌にも造詣が深く、良寛も時折招かれ、いろいろな話に花を咲かせていたのであるが、今日もまた、きれいに咲いたかきつばたの見える座敷に通され、好きな酒の接待を受けた。良寛は、遠慮しながら酒をいただきすっかり酔ってしまったのである。

良寛と酒の逸話はいくつかある。

解良栄重の『良寛禅師奇話』にあるように、良寛は酒を好みよく飲んだが、度をすごし、乱れたことはなかった。また農家の主人や村の老人達と、誰とでもお金を出し合い、酒を買ってきては飲んだ。そして相手が一杯飲めば、自分も一杯という具合に盃の数も平等になるよう、気配りをしながら酒を楽しんだのであった。

酒好きの良寛には次のような歌がある。

さすたけの君がすすむるうま酒に
我酔ひにけりそのうま酒に

五合庵　　こしの千涯 画

29

真昼中ほろりほろりと芥子《けし》の花

季語は「芥子の花」、ケシ科の越年草、五月頃白、紅、紅紫や紫などの四弁花を開く。開花して間もなく散る。

朝方美しく咲いた芥子の花が、真昼時にさしかかると、早くもほろりほろりと散り始めることよ。何とも散り際を急ぐはかない花であることかと詠っている。

僧である良寛は、この句で人生のはかなさ、あっけなさ、虚しさを芥子の花に託して詠んでいるのである。

越人にこんな句がある。

ちるときの心やすさよ芥子の花

30

鍋《なべ》みがく音にまぎるる雨蛙《あまがえる》

季語は「雨蛙」。

※「雨蛙」は、体が緑色または灰色であり、周囲の状況により色を変化させる。雨が近くなると大きな声で鳴く。

良寛の住んでいた五合庵の近くに清水が湧きでていた。一人住まいの良寛も、時には囲炉裏で煮焚きをして、食事を作ることもあった。使っている鍋が、長いこと洗わなかったのですすけている。今日は、天気もいいし鍋を洗おうと清水の湧く小さな池で、縄をたばねて束子《たわし》がわりにして、鍋を洗っていると、その洗う音に合わせるように、雨蛙が鳴きだした。雨蛙が鳴くと、雨になるというから、また雨が降るのだろう、と詠んでいる。

多分梅雨の季節、雨の心配があるので、五合庵を訪ねて来る人もなければ、村里へ下りて托鉢することも、気が進まない。ただ木の枝の雨蛙だけが、良寛の心を慰めてくれるのである。

31

夏の夜やのみを数へて明かしけり

季語は「夏の夜」、「のみ」。

夏になると、決ってのみや蚊あるいは虱《しらみ》に悩まされる。まして良寛の時代、環境衛生が現代ほど普及していなかったから大変だったであろう。

しかし良寛は、のみや蚊や虱を全く苦にしなかったようだ。蚊を防ぐために、蚊帳《かや》を吊るのであるが、良寛は蚊帳を吊っても、片足を蚊帳の外に出して、わざと蚊に刺されたという。

また良寛は、夏晴れた日は、縁側に紙を敷き、捕まえたのみや虱を並べておいて、夕方になると一匹ずつつまんで、自分の懐に戻したという。

良寛には、こんな歌がある。

のみしらみ音《ね》をたてて鳴く虫ならば
　わが懐は武蔵野の原

のみしらみわが懐に鳴くならば
　聞く人ごとに武蔵野といはむ

良寛の慈悲心の大きさ、深さには、全く脱帽である。

32

風鈴《ふうれい》や竹を去事《さること》三四尺

季語は「風鈴」、「ふうりん」のこと。

軒に吊り下げられた風鈴が、ちりんちりんと快い音色を奏でている。それを聞いていると、さすがの暑さも忘れてしまう程だ。

よく見れば、軒に吊された風鈴の先に、三、四尺ほどのところに青々とした竹が、五、六本生えている。それを見ていると誠に清々しい気持ちになることよ、と詠んでいる。

この句は、良寛の外護者であり、親友の原田鵲斎の家で詠んだ句である。風鈴の涼しい音色と青々とした若竹の色とを対比させ、読む人の聴覚と視覚に訴え、何とも爽《さわ》やかにして心地よい一句となっている。

33

涼しさを忘れまいぞや今年竹

季語は「涼しさ」、「今年竹」。

※「涼しさ」は、爽やかさ。

※「今年竹」は、今年新しく生えてきた竹。

今年もまた若竹が出てきた。いつの間にか青々として、小さな葉を付け、そして幹も太々と新鮮な緑色である。

どうかいつまでも、その爽やかな色を保ち続けてくれよと、願っているのである。良寛は、竹に素直さ、高潔さ、そして虚心さ等を見い出して、この句を詠んでいる。

良寛には、竹にまつわる微笑ましい逸話が残っている。

五合庵に住んでいた頃、周辺に竹林があった。毎年春になると竹の子が生えて来る。ある年、こともあろうに便所に竹の子が生えてきた。日一日と竹の子は伸び、とうとう屋根につかえる程になった。

良寛は、その竹の子をかわいそうに思い、屋根に穴をあけようと考えた。そこでろうそくに火をつけて、屋根に穴をあけようとしたのであるが、誤って便所を焼いてしまったのだ。

その当時便所は別棟になっていて、屋根は、草葺きだったようだ。

34

鳰《にお》の巣のところがへする五月雨《さつきあめ》

季語は「鳰の巣」、「五月雨」。

※「鳰の巣」は、かいつぶりの巣のこと。

※「五月雨」は、陰暦五月頃降る長雨、さみだれのこと。

陰暦の五月頃、陽暦でいえば、六月から七月初旬の頃、いわゆる梅雨の季節である。シトシトと降る雨は長く続き、池の水も普段より水嵩《みずかさ》が増している。葦などの間に巣を作り、水の上に浮いているかいつぶりの巣が増水した水に流されて、水の上を漂っている。あたかもかいつぶりが、巣の場所を替えているかのようだ。

良寛は、五月雨の降る中、鳰の巣を注意深く観察したのである。長雨で増水した池を鳰は、意志がある如く、巣を移動させ巣の場所を替えている。その動きに良寛は、深く感動しているのである。

鳰の巣は、琵琶湖が有名である。

松尾芭蕉にこんな句がある。

五月雨に鳰の浮き巣を見に行かむ

35

さわぐ子の捕《と》る知恵はなし初ほたる

季語は「初ほたる」。

季節は巡り、今年も蛍が飛ぶ頃となった。庭先の茂みや池の周辺を、青白く光りながら飛んでいる。

それを見て、子供達は喜び、捕らえようと騒いでいるが、どうもうまく捕らえられない。まだこの子供達には、蛍をうまく捕らえるだけの知識や技量がないようだ。

この句は、越後の粟生津《あおうづ》（新潟県燕市）の医師、鈴木隆造家で詠まれたという。

良寛は、鈴木家と親交があり、折にふれ訪れていた。「さわぐ子」は、鈴木家の幼い子供達であろう。

この句を詠んだ良寛の心情は、屈折がなく、真直であり、素直にその情景を叙していて、いかにも良寛らしい。

36

青嵐《あおあらし》 吸物は白牡丹

季語は「青嵐」、「白牡丹」。
※「青嵐」は、青葉の頃吹くやや強い風のこと。
※「吸物」は、日本料理に出る汁のこと。

初夏、良寛は、青葉を吹き渡る風に誘われて友人を訪ねた。その家では久し振りで良寛が来訪したことを歓迎し、酒を振る舞った。酒好きの良寛は、たいへん喜び酒を飲みながら、大いに語った。

その折、酒と共に出された吸物に白く大きな牡丹の花が映っているではないか。何という風情だろうと、感銘を受けたのである。

良寛には、主に三人の外護者があり何かと庇護を与えていた。一人は医師の原田鵲斎《じゃくさい》であり、良寛とは共に大森子陽の塾、三峰館で学んだ間柄であった。もう一人は、大地主で庄屋の解良叔問《けらしゅくもん》で良寛とは早くから交流があり、和歌をよくし、米や野菜等の物資の援助を与えていた。そしてもう一人は、阿部定珍である。この人も庄屋であり、造り酒屋を営んでいた。やはり詩文を好み、良寛とは深い関係にあった。

この句は、多分阿部定珍宅で詠んだものだろう。

37

凌霄花《のうぜんか》に小鳥のとまる門垣《かどがき》に

季語は「凌霄花」で、蔓性の落葉樹。他の木によじ上り、橙や赤色の大花を咲かせる。

※「門垣」は、門の垣根。

ある夏のこと、良寛は門垣のある家の近くを通った。この家は、垣根が長々と設えられていて、その垣根越しに、凌霄花がオレンジ色の大きな花を咲かせている。

凌霄花は、のうぜんかずらともいって、なまめかしく、艶やかな花である。その花に小鳥達は、魅惑されたように垣根に止まっていることよ、と詠んでいる。

良寛の小鳥と凌霄花を取り合せた写生句である。

38

酔臥《よいぶし》の宿《やどり》はここか蓮の花

季語は「蓮の花」。

※「酔臥」は、酒に酔って寝ている人。

この句は、良寛の父・以南の句、

酔臥の宿はここぞ水芙蓉

を意識しながら、良寛なりに改作したものであろう。

句意は、酒にすっかり酔って、つぶれてしまった人が、一夜の宿を借りたのはこの家だったろうか、酔いがさめて庭先の池の方を見ると、そこには蓮が美しく咲いていているではないか。よく見ると、この蓮は、酒に酔った人の顔のようにほんのりと薄紅色に咲いていていることよ。

良寛の父、以南は越後の城下町与板（新潟県長岡市）の大庄屋である新木家より出雲崎の名主山本家に婿に入った人である。俳諧を好み、親しんでいたが、その素質が開花したのは出雲崎に来てからだという。その当時、芭蕉の伝統を受け継ぐ第一人者だといわれる程だった。

掲出の句「水芙蓉」とあるのは、「酔芙蓉」であろう。

39

わが宿へ連れて行きたし蓮に鳥

季語は「蓮」。極楽浄土に咲く蓮。

※「鳥」は、極楽浄土にいるという人間の顔をした鳥で美しい声で鳴くという。迦陵頻伽《かりょうびんが》のこと。

この句は、良寛が極楽浄土の絵図を見た折に詠んだものだろう。

良寛は、自分の住んでいる庵に、是非とも極楽浄土の象徴である蓮の花と、そしてやはり極楽にいるという人間の顔を持ち、美妙な鳴き声で鳴くという迦陵頻伽という鳥を連れて行きたいものだ。そうすれば、この上ない心の平安と安らぎを得ることができるだろうと詠んでいる。

良寛の暮らしていた、出雲崎や地蔵堂（新潟県燕市）は、親鸞の開いた、阿弥陀佛による極楽浄土を信仰する浄土真宗の信者が多い。

40

雷をおそれぬ者はおろかなり

季語は「雷」。

昔より、「地震、雷、火事、親父」という、人々が恐れるもの順に列挙した慣用語がある。雷はその二番目にランクされている。

良寛も雷を恐れたのであろう。国上山の五合庵で一人暮らしていた良寛にとって、雷はとりわけ恐ろしいものだったのだろう。

そんな雷を恐れぬ者は、何と愚かなことかと詠んでいる。

雷は夏の季語だが、北陸地方では冬に雷が多く、雷が鳴ると「雪降ろし」といって、雪が降る前ぶれなのである。

地震について言えば、良寛は文政十一年（一八二八年）十一月十二日に発生した「三条大地震」に際し、親交の厚かった友人、山田杜皐《とこう》宛に次のような見舞状を送っている。

「災難に逢《あう》時節には、災難に逢《あう》がよく候。死ぬ時節には、死ぬがよく候。是《これ》ハこれ災難をのがるる妙法にて候」。

何かの災難に遭遇する折には、じたばたしないで、災難にあった方が良い。また死ぬ時には潔く死んだ方がよい。このようなことは、災難をまぬかれる上手な方法なんだ、という、良寛は見舞の手紙を書いている。

良寛像　　こしの千涯 画

41

鉄鉢《てっぱつ》に明日の米あり夕涼《ゆうすずみ》

季語は「夕涼」。

※「鉄鉢」は、修行僧が托鉢の時に用いる鉄の器。

良寛は、国上山から下り村里の家々を托鉢しながらまわり歩いた。家の前に立ち、鈴を鳴らしながら、お経を唱え施しを乞うと、家人が出てきて、米や銭の施しをするのである。

その米や銭の施しを受ける鉄の鉢には、すでに明日粥にするほどの米がある。

今日も暑い中一日托鉢をしたが、これで充分だ。さあ五合庵に戻り、ゆっくりと夕涼みを楽しもう。

良寛の安堵の気持ちと安らいだ心境を伺うことができる。

良寛の有名な漢詩の一節に、

「嚢中三升米、炉辺一束薪」がある。

頭陀袋の中には三升ほどの米があり、炉辺には山から取ってきた一束の薪がある。これだけあれば、自分の生活には何の不足もない。大満足だと詠っている。

42

手もたゆくあふぐ扇の置きどころ

季語は「扇」。

※「たゆく」は、だるいこと。

暑い、暑い夏である。片時も団扇や扇子を手放すことができない。現代であれば、扇風機やクーラーといったものがあるが、良寛の時代そんなものはない。団扇や扇子に頼るしかない。

長い間、団扇や扇子を使って扇いでいると、手が疲れてだるくなってしまう。かといって、団扇や扇子を使わなければ、暑さが募るばかりである。手がすっかり疲れ切ってしまった。

さてさて、この団扇や扇子をどこに置いたらよいのか、置き場所もないことよ、と詠っている。

この句は、陰暦七月十三日付で、渡部（新潟県燕市）の庄屋で造り酒屋の阿部定珍に宛てた手紙にある。詞書には、「秋もやや涼しく成ければ」とある。秋とはいえ陽暦では八月であり、暑さも盛りである。それ故とても、団扇や扇子を手放せないのである。

43

昼顔やどちらの露の情《なさけ》やら

季語は「昼顔」、蔓性の多年草で、小さい淡紅色の花をつける。昼開いて夕刻にしぼむ。

※「情」は、風情、趣。

夏のこと、村里の細い道を行くと、愛らしい、淡紅色の昼顔が咲いている。その可愛らしい花を見つけると、しばし暑さも忘れて、見とれてしまう。

そこで良寛は、ふと思い迷うのである。

昼顔は、昼に花が開き、夕方にはしぼんでしまうのであるが、朝露の風情なのか、それとも夕べの露の趣なのか。

しかし、どちらにしても時間的には、中途半端ではないかと。

横井也有《やゆう》の句に次の一句がある。

昼顔やどちらの露も間に合はず

44

留守の戸に独り淋しき散り松葉

季語は「散り松葉」で、松の散り落葉のこと。

良寛はある日、山を下り、御無沙汰をしていた友人の家を訪ねた。久し振りに会っていろいろと語り合うことを楽しみにしていたが、折りあしく留守であった。

残念に思い帰りかけたが、その表戸に散り落ちたばかりの松の葉が、引っかかっている。

良寛は、その散り松葉を見て、何とも淋しい気持ちに駆られたのであった。この句の「淋しき」は、散り落ちた松葉を表現していると同時に、久しく会えなかった友人に会うことができなかった、良寛自身の心情を物語っているのである。

芭蕉の句に次の一句がある。

るすにきて梅さへよその垣穂《かきほ》かな

秋の部

45

いざさらば暑さを忘れ盆踊

季語は「盆踊」。

※「いざさらば」は、「さあ、それでは」、「さあ、それならば」の意味。

良寛の時代は、大陰暦であったから、盆は旧盆であり、八月十三日から十五日の頃である。

残暑厳しく、昼の暑さがそのまま夜に移行する。蒸し暑い。盆踊が大好きだった良寛は、踊りが立つと、暑さも何もかも忘れて、先祖の霊を慰める盆踊に打ち興じたのである。

盆踊は、お釈迦様の弟子の目連尊者との関りがある。

神通力の持主だった目連尊者が、ある日亡くなった母の様子を伺い見た。何と母は餓鬼道に落ちていたのである。やせ細り、空腹に耐えかねている母を、何とか救おうと、お釈迦様に相談した。お釈迦様は、「多くの僧を集め、飲食を施し、供養をしなさい」とお示しになられた。

目連尊者は、早速その通りに供養を施すと、母はやっと餓鬼道から救われた。目連尊者は、たいへん喜び小踊りをする程だった。

この目連尊者の踊りが、盆踊の始まりであるという。

46

手ぬぐひで年をかくすやぼんおどり

季語は「ぼんおどり」。

良寛は殊の外、盆踊が好きだったようだ。毎年盆の季節になると、老若男女ほとんどの人達が、村の寺社の境内や広場で、盆踊に打ち興じたのである。僧である良寛も例外ではなかった。

村のお寺の方から、音頭取りの盆唄が聞こえてくると、もう居ても立っても居られず、自然と足が盆踊の方に向くのである。

さして広くもない境内には、大勢の善男善女が、二重、三重の踊りの輪を作っていた。

良寛は、しばらく踊りを見ていたが、吸い込まれるように、踊りの輪の中に入ったのである。

良寛は、悟られないように、手拭を女かぶりにして踊った。

しばらくすると、誰ともなく、踊りの中に良寛がいるとわかった。するとある男が、わざと良寛に聞こえるように、「この娘、どこの娘だ。踊りもうまいし、品もなかなかいい」とほめたのだ。

それを耳にした良寛は、嬉しくなり、より一層品よく踊ったのであった。

良寛の時代、どこの農村も、盆踊は盛んであった。何の娯楽もない時代、盆と正月は、特別であり、日頃の暮らしの辛さ、憂さを忘れさせ、生きる力を与えてくれる一大行事だったのである。

良寛の滑稽じみたいたずら、茶目っけが伺えて面白い。

盆踊り　　こしの千涯 画

47

萩すすき露のぼるまで眺《なが》めばや

季語は「萩、すすき、露」。

※「萩」も「すすき」も、秋の七草、萩は赤紫や白い花を咲かせ、すすきは尾花ともいう。

※「ばや」は願望の助詞。

良寛は、野に咲く小さな花をことさら好んだようだ。秋になり萩が、赤紫や白い小さな花を咲かせ、そしてすすきが穂を出し、折からの風に揺れている。

この頃になると、夜ごと夜ごとに空気が冷えて、大気中の水蒸気が凝結し、地表の草花に露を置くのである。その露が、萩の細い枝や、すすきの葉にのぼるまで、その様子を眺めていたいことよ、と詠んでいる。良寛は、自然のかすかな動きや変化に注目し、じっと観察していたいのである。

良寛の父、以南に次の句がある。

萩薄《はぎすすき》月のぼるまで眺めばや

良寛は、父、以南のこの句をまねならったのだろうか。

良寛が俳句に親しむようになったのは、父の以南の影響が大きかったのである。

48

萩すすきわが行道《ゆくみち》のしるべせよ

季語は「萩、すすき」。

※「萩」は、マメ科ハギ属の低木。「すすき」は、イネ科の多年草で、どちらも秋の七草。

※「しるべ」は、道案内。

夏の間に生い茂った草が、秋になりすっかり道をふさいでしまった。行くに行けない程だ。どうか迷わずに行けるように、道案内をして欲しいものよ。

この句は宛先は不明であるが、良寛の九月付の書簡にあるという。推察するに、家督を継いだ甥の馬之助に宛てたもののようだ。

良寛は、十八歳で出家して以来、岡山の玉島、円通寺での修行、そして諸国への行脚の後、故里越後に戻るが、自身の生家に立ち寄ることは、ほとんどなかったのである。そんなことを考えるとこの句の意味合いがわかるような気がする。

良寛と甥の馬之助の間に、こんな逸話が残っている。

良寛は、生家の橘家の馬之助が、放蕩をして困っているので、意見をするように頼まれていた。そこで良寛は、橘家に泊まり込んでその機を待ったが、何もできなかったのである。やがて帰る時が来て、立ち際に馬之助を呼んで、草鞋の紐を結ぶように頼んだ。

馬之助は、頼まれるまま草鞋の紐を結んだ。その時、襟元に何か熱いものが落ちた。驚いて見上げると、良寛の目から大粒の涙が落ちているではないか。

馬之助は、はっと思い、今までの放蕩生活を反省し、以後は真面目に生きたという。

涙のさとし　　こしの千涯 画

49

雨の日や昔を語《かた》らんやれふくべ

季語は「やれふくべ」で、枯れてしまった瓢箪のこと。

季節は秋である。しとしとと雨が続く。国上山の中腹にある五合庵には、雨の日は誰も来ない。また良寛も里に下り托鉢をしたり、村の子供達と遊ぶこともできない。何と手持ち無沙汰であり、侘しいことよ。

そんな時、部屋の片隅にあった古びて、こわれかけた瓢箪に目が止まった。この瓢箪は、いつだったか忘れてしまったが、里に出て托鉢をしていた時、顔見知りの農家の主人からもらったものだ。

その頃が懐かしく思い出され、何かホッとした気持ちになる。

雨の日は、こんな風にして過ごし、晴れの日を待つ良寛であった。

昔を懐かしく回顧した一句である。

50

顔回《がんかい》がうちものゆかし瓢《ふくべ》哉《かな》

季語は「瓢」で、瓢箪のこと。

※「顔回」は、孔子の弟子で、孔子の信頼が厚かった人。

※「うちもの」は、器物のこと。

※「ゆかし」は、心ひかれるの意。

儒学の祖である孔子には、顔回という立派な弟子がいた。孔子は、顔回を最も信頼し、頼りにしていたが、顔回は、誠に物には恵まれず、貧しい生活を強いられていた。しかし気宇壮大で、有徳の士であった。

そんな顔回が、水を入れる容器に、瓢箪を使っていたという。何となくしたわしく、心ひかれることだろうかと詠っている。

良寛の学識の大きさ、深さを物語る一句である。

良寛は、七歳の頃出雲崎から六里程離れた地蔵堂（新潟県燕市）の漢学塾「三峰館」に通い、『論語』の素読を手始めに四書五経等の儒学を学んだのだった。

この三峰館には、大森子陽という儒学者がいて、熱血漢よろしく情熱的に指導したという。良寛は、儒学のみならず、『文選』や『唐詩選』等の文学書も熟読、研鑽を積んだ。

良寛の優れた漢詩や和歌等の才能は、この時大きく芽生えたのである。

51

我が恋はふくべで泥鰌《どじょう》をおすごとし

季語は「ふくべ」、瓢箪のこと。

※「ふくべで泥鰌をおす」は、諺にある「瓢箪で鯰を押さえる」や「瓢箪鯰」と同じで、丸くすべすべした瓢箪で、ぬるぬるした泥鰌を捕まえようとするように、つかみどころがないという意。

良寛は、村人や知人からいろいろな事をよく聞かれた。その都度、良寛はそれなりの答えをした。人々は、良寛を博識で、あらゆる事に造詣が深いと考えていたのである。

しかし、恋について聞かれたら、どうしよう。良寛は答えに窮してしまい、いろいろと考えた挙句、こう答えようと詠んでいる。

あのすべすべした瓢箪で、ぬるぬるした泥鰌を捕まえようとしても、捕まえられない。こうすればよいとはっきりと、正解を答えることができないことよ。

昔より恋は、道理に合わないことが多く、要領を得ないのである。「我が恋は」で始まる歌は、数多くある。『古今和歌集』には、次のような歌がある。

わが恋はよむともつきじありそ海
浜のまさごはよみつくすとも

52

秋風のさはぐ夕《ゆうべ》となりにけり

季語は「秋風」。

※「さはぐ」は、風が音を立てて吹く。

※「なりにけり」は、なったことよ。

暑かった夏もようやく過ぎて、夕方には涼しい風が、吹き渡るようになってきた。

いよいよ秋の到来だ。

この句の中七、「さはぐ夕」の措辞に注目したい。「さはぐ」であるから、そよ風ではない。木々を揺しながら音を立てて吹く風である。

良寛は、この句で秋風を耳と肌で感じ取っている。秋風は、哀愁を誘うのであり、その中に愁いがひそんでいるのである。

小林一茶にこんな句がある。

淋しさに飯を喰ふなり秋の風

53

秋風に独り立《たち》たる姿かな

季語は「秋風」。

秋になり吹く風も何となく肌寒く感じられるこの頃だ。こうして一人風の中に立ちつくしていると、今までのことや、これからのこと、そして人生をどう生きるべきか、また人の世のため、何をすべきか等、思い悩んでいる良寛の姿が目に浮かぶのである。

この句の中で、良寛は自らを冷静に客観視し、その中から一種の悲愴感を醸し出し、一句にまとめている。

良寛といえば、子供達と遊ぶ姿が思い出されるのであるが、この句のように、一人の人間として、また一人の僧侶として苦悩する良寛の姿が、うかがえるのである。

芭蕉の『奥の細道』にこんな句がある。

塚もうごけ我が泣くこえは秋の風

54

摩頂《まちょう》して独り立ちけり秋の風

季語は「秋の風」。

※「摩頂」は、佛教の用語で師僧が、弟子に何かを教えたり、誉めたりする時に、頭をなでること。ここでは、自分の頭をなでること。

良寛は、侘《わび》しい秋風が吹く中、僧侶としての自分のことを考えたのであろう。世の中の人々の生、老、病、死の苦しみや悩み、煩悩等を救済するためには、一体どうすれば良いのか、何をすべきなのか等々を、自分の頭をなでながら考え、心を砕きながら秋風に吹かれ、一人立ちつくしていることよ、と詠んでいるのである。

僧侶である良寛は、世の中の人々の幸せを願いながら、自分の考え方や行動等をいろいろと考え、反省しているのである。

良寛の人間性や真面目さが、如実に詠まれている。

55

屋根引の金玉しぼむ秋の風

季語は「秋の風」。

※「屋根引」は、屋根を葺くこと、またはその人。

※「金玉」は、睾丸の俗称。

秋も深まると共に、吹く風も冷たい。通りがかりに、ふと家の屋根を見上げると、一生懸命に屋根を葺《ふ》いている人がいる。

寒いのに大変だろうなと思いながら、見上げると、何と股の間から寒さでしぼんだ、ふぐりが見えるではないか。

この句で良寛は、「金玉」という一見品のない措辞をしているが、良寛の俳諧のおどけ、ふざけ、たわむれ、滑稽、ユーモア等《など》が表出されていて、それ程気にならないのである。また「しぼむ」の措辞は、屋根を葺く人に対する同情の表れであり、そしてそれは、良寛の人々に接する温かい目差《まなざし》しであり、人々の気持ちを大切にしていることを物語っているのである。

56

柿もぎの金玉寒し秋の風

季語は「柿」、そして「秋の風」。
※「もぎ」は、もぎ取ること。
※「金玉」は、睾丸の俗称。

秋も深まり、柿が色付き、たわわに実を付けている。柿の実を取ろうと柿の木に登り、柿をもぎ取っている人がいる。通りがかりに、下から見上げると、冷たい秋風に吹かれながら、褌からふぐりが見え隠れして、何とも寒々しく感じられることよ、と詠んでいる。

良寛は、出雲崎に住んでいる関川万助という歌人と親しい間柄だった。ある日、良寛が訪ねて行くと万助は、柿の実を取っていた。しばらく見ていたが、良寛が賭け碁をしようと申し込んだ。もし良寛が勝ったなら、着物をもらい、負けたら、書を書くと約束したのである。

果たせるかな、この勝負、万助が勝ち良寛は負けた。

そこで良寛は、約束通り筆をとり、「柿もぎの金玉寒し秋の風」と書いた。この勝負、三回とも万助が勝った。その結果、良寛は三回とも書かなければならなかったが、三回とも同じ句を書いたのである。万助が不平を言うと、良寛は同じ碁であるから、同じ句にしたのだと言って、大笑いしたのだった。

57

秋高し木立は古りぬ籬《まがき》かな

季語は「秋高し」。

※「籬」は、竹や柴を組んで作った垣根。

良寛が住んでいた庵、五合庵からの眺めであろう。秋のよく晴れた日、良寛の庵から村里の方を眺めた折の写生句である。

爽秋である。空気はあくまでも澄み渡り、いつもより天空が高く感じられる。背伸びをして、深呼吸をしたいような気持ちにかられる。五合庵までの国上山の険しい坂道には、年月を経た杉の木立が、亭々とそびえ立っている。

そして、更に視線を近くに移すと、住んでいる五合庵の手前には、竹で編んだ垣根があり、その垣根が、一段と情景を豊かにし、趣を添えていることよ、と詠んでいる。

この句は、いわゆる三段で構成され、句調を高めている。

良寛の俳句の特徴は、即興性にあるといわれているが、この句のような写生句もまた味わい深いものがある。

58

秋は高し木立はふりぬこの館《やかた》

季語は「秋高し」。

※「館」は、身分のある人の家。相手の家の尊称。

秋晴れの一日を楽しみながら、この邸宅を訪ねると、見事に手入れが行き届いた庭があり、その庭の堂々たる大きな庭木を見上げながら、長い年月を経て立派に育った樹木や、その邸宅の素晴しさに感動しているのである。

下五の「この館」は、良寛と親しく交り、外護者でもあった、原田鵲斎《じゃくさい》の邸宅だろう。鵲斎は、医師であり、いつも良寛のことを何かと気にかけ、良寛が鵲斎を訪ねると、心よく歓迎し、歓待してくれたのである。

この日も良寛は、鵲斎にもてなされ、楽しい秋の一日を過ごしたのである。

この句も三段切れで構成され、わかり易い。親友の原田鵲斎を誉め称える良寛の心情が、如実にうかがえるのである。

59

二人して筆をとりあふ秋の宵《よい》

季語は「秋の宵」。

※「して」は、一緒に動き行動すること。

秋も日ごとに深まったある宵のこと。良寛は、原田鵲斎を訪れた。鵲斎とは、大森子陽の漢学塾、「三峰館」で共に学んだ学友であり、古くから交流があった。

久し振りに会った二人は、長い秋の夜を酒を酌み交わしながら、詩や歌を詠み合い、秋の夜長を楽しもうと、句に詠んでいる。

良寛はこの年、長患いをしたが、ようやく癒えて、気持ちの通い合った鵲斎を訪ねたのだった。

二人は、お互いに「筆をとりあって」、詩歌を詠み合って秋の夜を楽しんだのだった。

その喜びは、良寛の病気快癒と、親しい友人、鵲斎との歓談だったのである。

60

宵闇《よいやみ》やせんざいはただ虫の声

季語は「虫の声」。

※「宵闇」は、月が出るまでの暗やみ。

※「せんざい」は、前栽で庭先に植えた草木。

秋は月である。仲秋の名月が過ぎてから、数日の間は月が出るのが遅くなる。

夕暮れからは、あたりがすっかり暗くなった。外に出てみると、暗やみの中庭先に植え込んだ草や木の間から、盛んに虫の鳴き声が聞こえてくることよ、と詠っている。

かの松尾芭蕉に、こんな句がある。

盆すぎて宵闇暗し虫の声

良寛と芭蕉は、共に江戸時代に活躍したのであるが、年代が異なり、直接的な出会いや師弟関係はないが、良寛は芭蕉の俳諧をしっかりと学んだのである。

61

稲舟《いなぶね》をさし行方《ゆくかた》や三日《みか》の月

季語は「稲舟」で、刈り上げた稲を積んで運ぶ小さな舟のこと。

※「さし」は、棹で水底をついて進むこと。

※「三日の月」は、三日月である。

稲刈りの時期である。良寛の時代、すなわち江戸時代の越後平野は、信濃川の氾濫で大変だったのである。毎年のように大雨が降ると、河川が大洪水になり、農民を苦しめた。

明治二十九年七月に発生した、「横田切れ」のように、田畑だけでなく住んでいる家屋や人までも流してしまうのである。

だから蒲原地方の田んぼは、ほとんどが水が深く、いわゆる深田だった。それ故、刈り取った稲の束を小舟に積んで、家まで運んだのである。

朝からの稲刈りだが、深田なのでなかなか効率が上がらない。ふと見上げると空には三日月が、浮かんでいる。あたりはすでに暗くなっていることだ。と詠んでいる。良寛は、この句で農民達の厳しい農作業に思いを致し、何とか慰めたい気持ちにかられたのである。

空を仰ぐと、三日月がかかっている。その三日月を仰ぎながら、良寛は、農民達への労り、ねぎらい、安らぎを祈っているのである。

62

名月や庭の芭蕉《ばしょう》と背比《せいくら》べ

季語は「名月」と「芭蕉」。

※「名月」は、陰暦八月十五日の月。

※「芭蕉」は、バショウ科の多年草で長楕円形で、大きな葉を付ける。

陰暦八月十五日、現在の太陽暦によれば、十月四、五日にあたる。いわゆる十五夜の月である。

その十五夜の月が、昇ってきた。庭には大きな芭蕉が、広く長い葉を広げて静かに立っている。

真ん丸い十五夜の月は、あたかも芭蕉と背の高さを比べるかのように、ゆっくりと空を動いてゆくのだ。

この句は、良寛が晩年島崎の木村家に移り、その庭にある芭蕉を眺めての句である。

名月と芭蕉との「背比べ」という擬人化が、この句のおもしろさである。

63

名月や鶏頭花《けいとう》もにょっきにょき

季語は「名月」と「鶏頭花」。

※「名月」は、陰暦八月十五夜の月。

※「鶏頭花」は、ヒユ科の一年草。秋になると、鶏のとさかのような赤紫、あるいは黄色の花が咲く。

仲秋の名月が、大きく真ん丸になり、空を昇ってきた。良寛は、月に見とれていたのであるが、ふと庭先に赤々と大きな鶏頭の花が咲いているのに気づいた。その鶏頭花が、にょっきにょきと次々に伸びて、赤紫色の花を咲かせている。

鶏頭の花は、この時期赤々と咲いて特に印象的な花であるが、夜の鶏頭花を詠んだのは、たいへん珍しい。

また、「にょっきにょき」の措辞は、いわゆる擬態語であり、より一層鶏頭花の大きく、太くたくましさを表現していて、力強い句になっている。

松尾芭蕉の句にこんな句がある。

にょきにょきと帆柱寒き入江かな

64

綿は白しこなたは赤し鶏頭花《けいとうか》

季語は「鶏頭花」。

※「綿」は、アオイ科の一年草で、白あるいは黄色の花をつける。実は白く、長い毛をつける。

※「こなた」は、こちらの意味。

※「鶏頭花」は、ヒユ科の一年草。秋になると鶏のとさかに似た赤紫、あるいは黄色の花をつける。

この句は、良寛が晩年、島崎の木村家に身を寄せていた時の庭先での情景を詠んだ写生句である。

庭に佇ち、畑を見渡すと綿の実が、長く白い実をつけている。またこちらに目を移すと鶏頭の花が、赤々と咲き誇っている。その綿の白さと鶏頭の花の赤が、絶妙に美しい。

何という白と赤のコントラストであろうか。

良寛の時代、綿も鶏頭花も栽培していたのである。綿は綿毛を紡いで、織物にした。そして鶏頭花は、観賞用に植えられ、若葉は食用にしたのである。

良寛のこの句は、庭先の情景を素直に、そのまま詠んだ写生の一句である。

65

秋日和千羽雀の羽音かな

季語は「秋日和」で、風もなく良く晴れた秋の日のこと。

※「千羽雀」は、数多くの雀のこと。

穏やかに良く晴れ上がった秋の日のこと、田の稲は、頭を垂れ、良く稔った。豊年である。

折から雀が、群をなして空を飛びまわっている。あたかも雀が飛びまわる羽音が、聞こえるようである。

良寛は、托鉢の折々に田の畦道を歩きながら、その年々の稲の作柄を心に掛けていたのである。

今年は、豊作だ。良い年だ。農家の人達が田植えから始まり、田草取り、水の見廻り等に、そしてまた何よりも心配していた洪水もなく、良く稔った田原を雀が飛びまわる景色を見て、良寛は喜んでいるのである。同時に大地や自然に感謝しているのである。

千羽雀は、豊年の証なのである。

66

手を振って泳いでゆくや鰯売《いわしう》り

季語は「鰯売り」。

浜で今朝獲ったばかりの鰯を、生きのいいうちに売ろうと、天秤棒で鰯の入った籠を担ぎながら、少々前かがみになりながらも、両手を泳ぐように振りながら、坂の多い道を早足で行くことよ、と詠んでいる。

この句は、良寛が、渡部村（新潟県燕市）の親友阿部定珍宅に宿泊した折の句である。

良寛には、「鰯売り」の俳句が三句あるが、そのうちの一句である。鰯は、秋が旬《しゅん》の魚であり。秋になると空一面に斑点状に、また列をなすように雲が広がる。そのことを鰯雲、あるいは鯖《さば》雲、羊雲とも呼び、漁師は、鰯が大漁になる兆と大いに喜んだものである。

中七の「泳いでゆくや」の措辞が、なかなかおもしろく、句全体に躍動感を与えている。

67

いく群れか泳いで行くや鰯《いわし》売り

季語は「鰯売り」。

※「いく群れ」は、いくつかの仲間の集まり。集団のこと。

秋になり鰯漁の最盛期になった。浜では獲れたての鰯を、生きのいいうちに売ろうと、鰯売りの人達が、いくつかの集団になりながら、手を振り、叫びながら道を急いで行く。その情景は、あたかも浜を泳いでいるようである。

この句には、前書があり「渡部村阿部氏に宿し、鰯売りの走るを見て」とある。

渡部村は、現在の新潟県燕市渡部であり、阿部氏は、そこの庄屋で造り酒屋を営み、良寛の外護者であった。詩文を好み、良寛と深く交流していたのである。

酒好きの良寛は、折にふれ渡部の阿部氏を訪れ、大好きな酒を酌み交わしながら、書のこと、和歌、俳句等のことについて、論じながら歓談し、宿泊したのである。

この句は、そうした折に鰯売りの叫び声や走る様子を写生したのである。

68

息せきと升《のぼ》りて来るや鰯売り

季語は「鰯売り」。

※「息せきと」は、急いで呼吸をはずませること。

※「升り」は、「登り」と同じである。

この句には、「阿部氏に宿り鰯売りの走るを見て」という詞書がある。

阿部氏は、国上山の南側の山麓にあって、国上村渡部（新潟県燕市渡部）の庄屋を務める阿部定珍のことである。

渡部は、五合庵から程近くに位置し、そして定珍は、詩歌に造詣が深く、信仰心も篤い人だった。そんなことから良寛は、定珍と親しい間柄であった。

良寛が、阿部家に泊まった朝のこと、獲れたばかりの生きのいい鰯を、朝のうちに売りさばこうと天秤棒で担ぎながら、息もたえだえに坂道を登ってくる情景を詠んでいる。

良寛は、鰯売りの様子を生き生きと活写し、平易な言葉で表現している。

こんな逸話がある。

良寛は子供の頃、叱られると上目で人の顔を、じっと見る癖があった。

ある日朝寝をしたことで、父に叱られ、いつものように上目で、じっと父を見た。日頃から気にしていた父は、「親をにらむやつは、鰈《かれい》になるぞ」といった。

程なくすると、良寛の姿は、家から見えなくなった。日が暮れても帰らない。心配した母が、浜の方に探しに行くと、良寛は、浜辺近くの岩の上に、しょんぼりとしゃがみこんでいた。

ほっと安心した母が、「こんな所で何をしているのだね」と声をかけると、良寛は、おずおずと、「おれ、まだ鰈《かれい》になっていないかね」と尋ねるのだった。

おれは ひらめ（かれい）　　こしの千涯 画

69

蘇迷盧《そめいろ》の訪れ告げよ夜の雁《かり》

季語は「雁」。

※「蘇迷盧」は、佛教の世界観で、世界の中心にそびえ立つ高山。須弥山のこと。帝釈天の居城でもある。

※「訪れ」は、ここでは動静、消息の意味。

※「雁」は、死後の国の使者という。

佛教の世界観である。世界の中心にそびえ立つ高山、すなわち須弥山に、私の父は、おられるはずだが、黄泉の国の使者である雁よ、どうか父の様子を知らせて欲しいものだ。と詠んでいる。

良寛の父、以南は、越後与板（新潟県長岡市）の大庄屋である新木家から、出雲崎の名主山本家の婿養子になった人。また母は、佐渡相川の生まれで、やはり山本家の養女となり、やがて結婚。二人の間に良寛が誕生するのである。父、以南は俳諧の素養に恵まれ、名主の職よりも俳諧の道に力を注いだ人であった。

しかし、どうしたことか、六十歳の時京都の桂川に身を投げてしまうのである。

後に以南の死を悼み、『天真佛』という句文集が出版されている。その中に良寛は、掲出の句を載せている。

この句は、父、以南の辞世歌である。

そめいろの山を印にたて置けば
わが亡きあとはいづらむかしぞ

に応じたものである。

「世の中に同じ心の人もがな」　　こしの千涯 画

70

われ喚《よび》て故郷へ行《ゆく》や夜の雁《かり》

季語は「雁」。

※「喚」は、大声で呼ぶこと。

※「故郷」は、新潟県出雲崎。

良寛は、出雲崎で生まれ育ったが、二十三歳の時、突然佛門に入り、得度し故郷を後にした。そして岡山県玉島の円通寺で師の国仙和尚に就いて、修行に明け暮れたのである。

その間、一日として故郷を思い出さない日はなかったのである。最愛の母の死去、父以南のショッキングな死、そして名主、山本家の長男として生まれながら、家督を投げ出し、弟由之や家族に、また出雲崎の人達に多大な迷惑をかけてしまったこと等を、考えれば考えるほどやり切れない思いにかられるのであった。そんな時、故郷の出雲崎をなつかしく、また恋しく思い出しながら詠んだ句である。

日が暮れ、雁が鳴きながら空を渡っている。その雁を見ていると、故郷を遠く離れて佛道に励んでいる自分を連れて、故郷に帰ろうとしているように思うことよ。

良寛の故郷、出雲崎に寄せる切ない程の叫びが聞こえてくるようだ。

71

君来ませいが栗落《おちし》道よけて

季語は「いが栗」。

※「来ませ」は、来てくださいの意味。

※「いが栗」は、いがに入ったままの栗の実。

季節は秋。栗の実が稔り、秋日和が続く山の庵で一人暮らす良寛も、夕方ともなれば何とはなしに人恋しくなる。

そこで良寛は、一句詠む。

山への坂道は、栗のいがあちこちに落ちているから、どうか、いがを踏まないように注意して、私のいるこの五合庵においでください。

良寛の友人を思いやる心情、情愛が、強く滲み出ている。

良寛は、五合庵を訪ねてくれた渡部の庄屋阿部定珍に次のような歌を詠み贈っている。

月よみの光を待ちて帰りませ
山路は栗の毬《いが》の落つれば

また良寛にはこんな逸話が残っている。

ある秋の晴れた日のこと、江戸の有名な文人であり画家、書家である亀田鵬斎が、五合庵を訪ねてきた。良寛は、大層喜びいろいろなことを話し合った。

やがて夜になったので、鵬斎はその日は良寛の庵に泊まることにし、酒好きの鵬斎が「一杯やりませんか」といったが、良寛には生憎《あいにく》酒の貯えがなかった。

そこで良寛は、酒徳利をぶら下げて「すぐに買って来るから」といって出掛けた。

月は東の山をはなれ、中天にかかっていた。一人になった鵬斎は、月を眺めながらまた虫の声を聞きながら、良寛の帰りを待ったが、なかなか帰らない。

どうしたのかと心配になり、山を下り始めた。すると老松の根に腰をおろし、月を眺めている良寛がいた。

鵬斎が、「家に帰って一杯やりましょう」というと、良寛は、前にころがして置いた徳利を急いで取り、麓へと走り出したのである。

「月に見とれる良寛」　こしの千涯 画

72

盗人《ぬすびと》にとり残されし窓の月

季語は「月」。

ある秋の月の良い夜のこと、良寛の住む国上山の五合庵に泥棒が入ったのである。

泥棒は、何か目ぼしい物を取ろうと、良寛の寝ている庵の隅から隅まで見まわしたが、これといって盗むに値する物はなにもない。

仕方なく泥棒は、良寛の寝ている布団を、そっと引いて盗っていこうとした。良寛は寝ていて何もわからないふりをしながら、そっと身体を転がし、泥棒が盗りやすいようにして、盗ませたのである。

泥棒が帰った後、窓から外を眺めると、月が耿々と輝いていた。あの素晴らしい月だけは、いくら泥棒でも奪えないことよなあ、と詠んでいる。

この句は、解良栄重《よししげ》の『良寛禅師奇話』の中に出てくる。これは、良寛が、栄重に直接話して聞かせた話である。

良寛の庵には、極く限られた生活用品や坐禅の時の用具の他は、何もなかったが、しばしば盗人が入ったらしい。

それにしても、良寛の人間としてのおおらかな人柄、そして人間を分けへだてなく、平等に愛する博愛の心情が溢れ出ている。

盗人にとり残されし窓の月　こしの千涯 画

73

つっくりと独立《ひとりたち》けり秋の庵《あん》

季語は「秋の庵」。

※「つっくりと」は、一人でぼんやりしている様子。

良寛の住みなれた五合庵は、人里離れた国上山の山中にある。周りの木々は色付き始め、すっかり秋の気配が漂ってきた。

そんな折、五合庵も秋色に染まり、誰訪れることもなくひっそりと立っている。

そしてまた全く同じように良寛も、ただぼんやりと一人立っているだけであることよ、と詠んでいる。

この句は、良寛の俳句の中でも、技巧を凝らした一句といえよう。

中七の「独立けり」は、庵であり、かつまた良寛自身でもある。

古来より主に詩歌に用いられた修辞法に、掛詞があるが、一語に二つの意味を持たせて一層意味を深め、意味合いを深くするための技法である。

良寛は、この句でひっそりとした秋の五合庵と、そしてその前にただぼんやりと一人佇んでいる自分とを掛けて詠んでいるのである。

74

悠然と草の枕に秋の庵《あん》

季語は「秋の庵」。

※「悠然と」は、ゆったりした様子。

※「草の枕」は、草を束ねた枕、草枕、旅枕ともいう。

良寛の住む庵は、国上山の中腹にあり、秋になると木々の葉は枯れ落ち、野の草花はやがて末枯れてしまう。侘しさが一段と強まる。

庵の中には、これといった調度や品物もない。ただあるのは、部屋の隅に小さな囲炉裏とそこに吊されている小さな鍋、そして山から取ってきた薪が少しあるだけだ。他には何もない。

そんな暮らしの中、草を束ねて作った枕とやはり草で編んだ粗末な敷物が敷かれているだけである。

しかし良寛は、ゆったりとした気分で日々を過ごしているのである。

この句で良寛は、侘しく、物淋しい秋を上五の「悠然と」という措辞により、何か明るいすがすがしさを表白しているように思うのである。

75

柴の戸に露のたまりや今朝の秋

季語は「露」、「今朝の秋」。

※「柴の戸」は、柴で編んで作った戸、あるいは門。

※「たまり」は、寄り集まっていること。

この句の下五の「今朝の秋」は、立秋の日の朝のことである。暑かった夏もようやく去り、この頃はめっきり涼しくなり、過ごしやすくなった。

今朝起きて外へ出てみたら、柴木を編んで作った門に、何か光るものがある。「おやっ」と思い良く見てみると、露の玉が光っている。「そうだ。今日は立秋だ」。いよいよ秋の到来だ。

良寛は、秋の到来を露の玉により実感したのである。

良寛のこの句は、自然の移り変わりを素直に、ありのままに、しかも感動を持って叙した一句といえよう。

76

いくつれか鷺《さぎ》の飛びゆく秋の暮

季語は「秋の暮」。

※「いくつれ」は、いくつかの群。仲間のこと。

十一月下旬の頃であろうか。短日の空を仰ぐと、白い鷺がいくつかの群をなして、空を飛んで行く。きっと寝ぐらへ急ぐのだろうと詠っている。

それにしても、鷺の白さが、秋の夕暮の侘しさを一層際立たせ、印象深い一句である。

晩年の良寛の歌に、

幾むれか鷺のとまれる宮の森
　有明の月雲隠れつつ

がある。

良寛の頭の中に、和島村島崎の宇奈具志神社の情景か、あるいは国上の乙子神社の境内での夕景色が、思い浮かんでいたのであろう。

77

いざさらば我も返《かえ》らん秋の暮

季語は「秋の暮」。

※「いざ」は、さあ、どれの意。

※「さらば」は、それでは、それならばの意。

※「返らん」は、帰らんと同じ。

秋の日は釣瓶《つるべ》落しである。良寛は、村里で子供達と遊んでいたが、いつの間にかあたりに暗闇が迫ってきた。子供達も一人、二人と家に帰り始めた。空を見上げれば、鳥が群をなして寝ぐらへと急ぐ。秋の夕暮れは早い。

さあ、それならば、私も自分の庵に帰ることにしよう。

こんな逸話がある。

良寛はある日のこと、村里の子供達と隠れん坊をして遊んでいた。鬼に見つけられないように近くの畦道にある藁小屋の物影に隠れた。

鬼は良寛を見つけようと、一所懸命に探すが、見つからない。そうこうするうちに、日暮れが迫ってきた。子供達は、一人帰り、二人帰りして、全部家に帰ってしまった。

良寛は、鬼が今見つけるか、今見つけるかと思いながら、じっと隠れていた。

夜になっても、良寛はそのまま隠れ続けていた。

やがて朝になり、近くの農夫が、藁を抜こうとそこにやって来た。そして藁小屋に隠れていた良寛を見つけた。

「おや、良寛さま」とどなった。その声に良寛も驚いて、「誰だ、そんなに大きい声を出して、鬼に見つかるではないか」といった。

ここにかくれてはや二日　　こしの千涯 画

78

紅葉葉の錦の秋や唐衣《からごろも》

季語は「紅葉葉」、「秋」。

※「錦」は、金銀糸等で、模様を織り出した織物。

※「唐衣」は、中国風の衣服。ここでは美しく珍しい衣服のこと。

すっかり秋も深まり、五合庵のまわりの木々も、色鮮やかな紅葉で彩られた。この紅葉の葉が、織りなす錦地は、あの唐の国の美しく珍しい衣服をまとっているかのようで、誠に美しいことよ、と詠んでいる。

良寛は、秋の山を彩る紅葉を格別好んだようだ。紅葉葉の美しさを表現するために、「唐衣」という措辞を用いたところに注目したい。

良寛が、親友の阿部定珍に送った歌がある。

我が宿をたづねて来ませあしびきの
山の紅葉を手折りがてらに

79

松黝《くろ》く紅葉明るき夕べかな

季語は「紅葉」。

※「黝く」は、青黒いこと。

秋も日ごとに深まり、紅葉が、一段と美しい。夕方になると夕陽の陰になる松の木は、青黒さを深めているが、一方夕陽を浴びている紅葉は、色鮮やかに、一際目立ち、何とも明るいことだよ。

良寛は、この句で松の木の深緑の色合いと、紅葉の鮮やかな、明るい色調を上手に対比させ、自然が織りなす美しさを申し分なく詠み上げている。

尚、夕紅葉を詠んだ小林一茶の句に、次の句がある。

大寺の片戸さしけり夕紅葉

また良寛の末期の句として有名な、

裏を見せ表を見せて散る紅葉

について、良寛晩年の佛弟子である貞心尼は、『はちすの露』の中で、次のように述べている。「この句は、御自身の作ではないけれども、そのおりにかなって口ずさまれ、たいそうご立派である」。

80

ゆく秋のあはれを誰に語らまし

季語は「ゆく秋」で、過ぎゆく秋の意。
※「あはれ」は、しみじみとした情趣、悲しみ。
※「まし」は、実現不可能なことを希望する意味。

この句は、良寛の最晩年の句と伝えられている。

過ぎ行く秋の物悲しさ、哀れさを詠みながら、良寛自身の死への虚しさ、はかなさを暗に漂わせている。

山々の木々の葉は、枯れ落ちすでに秋は、過ぎ去ってしまった。何と悲しく、寂しいことだろうか。この思いを一体誰に話したら良いのだろうか。

誰かに話し、この悲しさ、切なさをわかって欲しいものだ。

良寛の歌に次の一首がある。

行く秋のあはれを誰に語らまし
あかざ籠《こ》にみて帰る夕ぐれ

掲出の句と同様過ぎ行く秋のもの悲しさが、伝わってくる。

冬の部

81

焚くほどは風がもて来る落ち葉かな

季語は「落ち葉」。

※「ほど」は、程度。

※「もて来る」は、持って来る。

良寛が移り住んだ乙子神社草庵は、国上山の麓なので風が吹くたびに、木々の小さな枝や落葉を運んでくれる。その小枝や落葉を焚いて煮たきをしているのであるが、それで充分だ。良寛にとって何の不自由なことはないのだ。だから、山の中の庵の生活は、物が乏しくても、満ち足りていることよと詠んでいる。

この句には、次のような逸話がある。

長岡藩主の牧野忠精《ただきよ》公は、以前から良寛の名声を耳にし、是非とも城下に寺を建立し、良寛を住職として招きたいと念願していた。たまたま新潟巡視からの帰り道、良寛の住んでいる庵を訪ね、その旨を懇願したのであった。

良寛は、炉辺に座ったまま一口たりとも言葉を発せず、やおら筆をとり、「焚くほどは風がもて来る落ち葉かな」の一句を示した。

牧野公は、その句を見るや何もいわずに、立ち去ったという。

82

初時雨《はつしぐれ》名もなき山のおもしろき

季語は「初時雨」で、その年に初めて降る時雨。
※「おもしろさ」は、趣が深いの意。

初冬になり、今まで晴れていたのだが、急に冷たい雨が降り出した。今年最初の時雨である。

山住いの良寛にとって、普段山は生活の場であり、特に山の様子など気にかけたことはない。しかし初冬ともなれば、木々の葉は散り尽し、やがて初雪が降り、山の姿は白に一変する。そんな山の情景を見ていると、何とも情趣深いことであるよと詠んでいる。

良寛は、この句で自然の移り変わる変化を大らかに、そしてゆったりとゆとりを持って観察しているのである。

名も知らない山々の自然の移り変わりから、季節の推移に対する良寛の感性が読みとれる。

83

柴焼《たい》て時雨《しぐれ》聞《きく》夜となりにけり

季語は「時雨」で、晩秋から初冬にかけて降ったりやんだりする雨。

※「柴」は、焚木にした雑木。

この句は、牧ヶ花（新潟県燕市）の庄屋である解良叔問に宛てた手紙の中にある。

秋も深まり、寒さが一段と身に滲むようになった。外は冷たい雨が、朝から降ったりやんだりしている。風も出てきた。五合庵でのこれからの冬の生活は、何とも寒々しく、淋しく、侘しい。

そんな時、秋の間に集めておいた雑木を炉に焚いているのであるが、その赤々と燃える炎を見ながら、時雨の音を一人静かに聞いていることだよ。

この句の背景には、次のような事情があったのである。

良寛が、解良家を訪れた際、稲刈りが無事終わったことの祝いにともらった餅と米を忘れてきてしまった。

解良家では早速届けたのであるが、そのことへの良寛の礼状の中にある一句である。

良寛は、物忘れが強かったようだ。

『良寛禅師奇話』にあるように、良寛は身につけ、持ち歩いた品々を、訪ねた家に置き忘れることが多かった。

そこである人が、「持っている品々を紙に書いておき、家から出る時にそれを一度読んだらどうですか」といった。

それから以後良寛は、持ち物を書いておき、それを必ず読んだという。

「たくほどは 風がもてくる 落葉かな」　こしの千涯 画

84

日々《ひび》日々《ひび》に時雨《しぐれ》の降れば人老《おい》ぬ

季語は「時雨」。

※「日々」は、毎日、毎日の意。

十一月の下旬頃から冷たい雨が降り続き、十二月に入るとやがて初雪となる。そしてしばらくすると根雪となるのである。

越後では、このような天候が続く。良寛の時代もやはり同じであったであろう。

冷たい時雨が、昨日も今日も降っている。良寛は、村里へ托鉢に行くこともできないし、また庵を訪ねてくれる人もいない。

一人庵の中で寒さに堪えていると、急に年を取ってしまい、老け込んでしまったように感じることよ、と詠んでいる。

良寛の暮らしは、衣、食、住ともに最低限であり、誠に苦しかったであろう。そしてまたこの時期は、気分的に滅入ってしまうのである。

下五の「人老ぬ」で、良寛は自身を客観的に捉え、「人」と表現している。

85

山しぐれ酒やの蔵《くら》に波深し

季語は「山しぐれ」。

※「酒や」は、酒を売る店。または酒造業者。

※「波」は、酒を造る時の泡のこと。

※「深し」は、奥まで達するの意。

良寛の住んでいる国上山も冷たい雨が、降ったりやんだり、時雨ている。やがて村里も時雨れることだろう。

時雨が降り寒くなると、いよいよ酒蔵では新酒のでき上がる頃となる。さぞや酒蔵の造り酒も、底まで泡が通ってうまい、良い酒に仕上がってきたことだろうと詠んでいる。

如何にも酒好きの良寛らしい句である。

この句は、良寛の古くからの親友であり、酒造業をしていた渡部（新潟県燕市渡部）の庄屋、阿部定珍宅の酒蔵の様子を詠んだものであろう。

良寛の歌に次のものがある。

新室《にいむろ》の新室の新室の祝《ほ》ぎ酒に
我酔ひにけりその祝ぎ酒に

86

木枯《こがらし》を馬上ににらむ男かな

季語は「木枯」で、晩秋から初冬にかけて吹く、強く冷たい風。

晩秋から初冬にかけて、木々を吹き枯らすような強く冷たい風が吹く。そんな風に逆らうように、馬にまたがり、じっと前を睨むが如く、鋭い目をして、凝視している強く勇ましい男がいることとよと詠んでいる。

良寛の活躍した江戸時代、馬は誠に重要な役割を果たしていたのである。現代とは違い車などなかった時代であり、馬は大切な交通手段の一つであった。しかも、馬に乗ることができるのは、身分の高い階層であった。

良寛は、この馬上の句で、逆境に向かって敢然といどむ気迫に満ちた男の強さを、印象づけているのである。

松尾芭蕉にも、こんな句がある。

冬の日や馬上に氷る影法師

87

冬川や峰より鷲のにらみけり

季語は「冬川」。

冬になり周りの山々は、すっかり落葉し何とも殺風景である。そしてまた、枯れ果てた野を流れる川も、何の情趣もなく、ただ細々と流れているだけだ。動くものは何一つない。

そんな情景の中、山頂より鷲が何か獲物はないかと、目を皿にして凝視していることよ、と詠んでいる。

この句は、良寛の父である以南の句ともいわれているが、ここでは良寛の句として取り上げてみた。

冬の川は、しばしば俳句の題材になっているが、其角の次の句のように穏やかな句が多い。

冬川や筏のすわる草の原

しかし、この句は、冬川を睨みつけている鷲を通して、良寛の気迫が漲っている。また同時に、世の中を厳しく見ている良寛の視線を感じるのである。

88

湯もらへに下駄音高き冬の月

季語は「冬の月」。
※「湯もらへ」は、入浴させてもらうこと。

良寛の時代、いや昭和の初期までは、入浴は現在のように一般的ではなかった。入浴の設備も粗末なもので、風呂桶が一つあるだけだった。もちろん薪を焚いて、湯を沸したのである。

良寛が、湯もらいに下駄をはいて行き来したのは、晩年、島崎の木村家に移ってからだろう。

近くの親しい家から入浴の誘いを受けた。良寛は有り難く思い、早速入浴の用意をし、下駄履きで出かけた。

外へ出てみると、冬の月が空高く輝いている。そして履いている下駄の音も高く響くのであった。

久し振りに入浴できる喜びと、冬の夜空高く輝く月と、下駄のカラコロカラコロという軽やかな音とあいまって、良寛の高揚した気分が、いかんなく伝わってくる秀句である。

89

火もらひに橋越行《こえてゆく》さむさかな

季語は「さむさ」。

※「火もらひ」は、火を起すための火種をもらいに行くこと。

今から五十年程前の昭和四十年代の前半頃までは、どこの農村でも家に必ず囲炉裏《いろり》があり、生活の中心であった。

朝から夜床につくまで、囲炉裏で湯を沸かし、炊事をし、食事をした。またちょっとした客があれば、そこで接待をしたのである。

家族全員が、囲炉裏を囲むことで家族の絆が保たれたのである。だから囲炉裏の火種をたやしてはならないのである。

たまたま良寛は、その大切な火種をたやしてしまったのである。

しかたなしに近くの家に火種をもらいに行ったのであるが、その家に行くには、橋を渡らなくてはならない。

橋を渡る際の川風の冷たさ、寒さが、一段と身にしみることよと詠っている。

江戸中期の柄井《からい》川柳等の川柳集『誹風柳多留《はいふうやなぎだる》』に、次の句がある。

火もらいの吹き吹き人に突当り

90

柴垣に小鳥集まる雪の朝

季語は「雪」。
※「柴垣」は、柴で編んでつくった垣根。

初雪の降った朝のこと、小鳥達の声に目を覚まし、外を眺めると、何と雪が降り積もっている。七、八寸もあろうか。

良寛の五合庵は、国上山の中腹に位置し村里よりも遥かに高い。高ければ雪の降り方も積雪量も違う。昨夜は、風もなく物静かだったが、初雪になったのだ。

庵の前で柴で編んだ垣根が、半分ほど雪に埋まり、そこに多くの小鳥達が飛来し、初雪を珍しそうに鳴いているよ。

この句は、初雪の朝の清涼感、一夜にして周辺の情景の変化、そしてその驚きが、余すところなく表出され、清々しい一句となっている。

川柳の『柳多留』には、次のような句がある。

戸を開けておやおやおやと雪の朝

91

疑《うたが》ふな六出《むつで》の花も法《のり》の色

季語は「六出の花」で、雪のこと。六花《りっか》ともいう。

※「法」は、佛教の教え、佛法のこと。

降り積もる雪をよく観察すると、雪片の一つ一つがみな白い六角形の結晶を組んでいる。そのまっ白く清らかな雪は、また佛の教え、すなわち佛法の色でもある。

大切な、かけがえのない子供を亡くされたあなたは、悲しみのどん底に沈んでおられるだろうが、降り積もる白く清らかな雪（六出の花）により、きっと成佛されることを、どうか疑わないでいただきたい。

この句は、国上山の麓の中島（新潟県燕市中島）の庄屋であった斎藤源右衛門に宛てた手紙に添えられたものである。

源右衛門は、国上山の良寛に必要な物を送り、その生活を支えてきた。また歌や俳句を通じ、親交のあった人であった。

その源右衛門の長男が、こともあろうに年の瀬も迫った十一月、十二歳で亡くなったのである。

僧侶である良寛は、その命日に「法華経」を読誦して回向《えこう》をしたのであった。

92

をぢが身は寒《さむさ》に埋《うずむ》雪の竹

季語は「寒」、「雪」。

※「をぢ」は、老人。（老翁《おじ》）と（怖《お》ぢ）の掛詞。

※「埋」は、（寒）と（雪）の両方に掛かる。

この句は良寛が、国上山の五合庵から乙子神社の草庵に移住した、六十歳代の作という。

「をぢが身」と上五にあるが、掛詞を用いていることから、晩年の作ではないと考えられる。

句意は、年老いた自分は、雪の寒さを恐れ、またその寒さが身に応えるのであるが、丁度そのように、雪に覆われ、年老いた人のように背をまげ、しなった竹を見ると、本当に気の毒で心が痛むことであるよ、と詠んでいる。

良寛に次の歌がある。

いと早き月日なりけりいと早く
　年は暮れけり我れ老いにけり
草の庵にねざめて聞けばひさかたの
　あられとばしるくれ竹の上

93

鉢叩《はちたた》き鉢叩き昔も今も鉢叩き

季語は「鉢叩き」で、空也念佛のこと。十一月十三日の空也忌から、半僧の僧が、空也念佛を唱えながら歩き、大晦日まで鉢や瓢箪を叩きながら、念佛を唱え巡り歩くこと。またその人。

冬の夜、鉄鉢や瓢簞を叩きながら、念佛を唱え、踊るように托鉢をする人達がいる。

あのもの悲しい鉦《しょう》の音や瓢簞の音を聞いていると、昔もそうであったであろうが、今でも何とももののの哀れを感じない訳にはいかないことであるよ、と詠んでいる。

空也上人は、平安中期の僧で空也念佛の祖である。諸国を遍歴し、いろいろな社会事業を行うと共に口称念佛の布教を展開した人であった。

良寛は、空也上人に学んだのであろうか。空也上人に親しみを感じていたのである。

94

人の来てまたも頭布《ずきん》を脱《ぬ》がせけり

季語は「頭布」で、寒さを防ぐために頭にかぶる布製の帽子のこと。

師走も下旬ともなれば、朝夕の冷え込みも一層強くなる。良寛の独居している庵は、人里はなれた山間にあり、寒さが厳しい。

良寛は、寒くなるといつも頭布をかぶっていたが、今日はよく人が訪ねてくる。人が来れば、頭布をぬぎ挨拶をしなければならない。訪ねて来る人に、その都度頭布を取り、会釈をするのであるが、そのたびごとに寒い思いをしなければならないことよ、と詠んでいる。

良寛のこの頭布は、親友の与板の山田杜皐から贈られたもので、良寛は次のような礼状を出している。

「先比《さきごろ》は帽子たまはり、恭《うやうや》納《しく》受仕候」。

この句のおもしろさは、頭布を脱ぐのは、あくまでも良寛自身であるが、その行為を「脱がせけり」と表現したところにあろう。

95

のっぽりと師走も知らず弥彦山

季語は「師走」で、十二月のこと。
※「のっぽりと」は、一つだけ離れて高くという意味。
※「弥彦山」は、新潟県弥彦村にある山。

良寛の暮らした国上山とならんで、弥彦山が聳え立っている。高さ六三四メートルで、東京スカイツリーと同じ高さである。新潟市近くの弥彦村に位置し、麓には越後一の宮である弥彦神社がある。

その弥彦山を仰ぐと、世の中は師走を迎え、何かと心忙しい日々だが、弥彦山は、季節の流れ、時間の流れを超越したように、ゆったりと穏やかな佇まいである。

それは、あたかも師走という人の世の憂さや、つらさを知らないように見えることよ。

良寛は、この句で「師走も知らず弥彦山」と、弥彦山を人間に擬えて詠んでいる。

世事にこだわらない自分の心情を、何のこだわりもなく、悠々と聳え立っている弥彦山に託しながら詠んでいるのである。

無季の部

96

よしや寝む須磨《すま》の浦はの波枕《なみまくら》

季語はなく無季。

※「よしや」は、ええままよ。

※「須磨」は、兵庫県神戸市、源平の戦で有名である。

※「浦は」は、入り江。

※「波枕」は、波の音を聞きながら、寝ること。

良寛は、岡山県玉島の円通寺、国仙和尚のもと、二十二歳から約十三年間禅の修行をした。寛政二年（一七九〇年）には、師である国仙和尚より印可の偈を与えられている。

その翌年、国仙和尚の死去を機に円通寺を辞し、そして四国などを行脚し、故里越後に向かうのである。そんな折に須磨を訪れ、かつての源平合戦のこと等を思い浮かべながら、感動し、なかなか去り難かったのである。

やがて日暮になり、近くの綱敷天神の境内で一夜を過ごしたのであった。

掲句はその時の句であり、『須磨紀行』に載っている。

句意は、ようやく須磨の地に辿り着いたが、ここは源平合戦や、『源氏物語』にもあるような歴史のある名所である。そんなことを思い出しながら、寝ようとするが、なかなか寝つかれない。

ままよ、それでは入り江に打ち寄せる波の音を聞きながら、一夜を明かすことにしよう。

97

黄金《こがね》もていざ杖買わんさみつ坂

季語はなく無季。

※「黄金」は、お金。

※「いざ」は、さあ、それではの意。

※「さみつ坂」は、和歌山県高野町にある坂、作水《さみつ》坂のこと。

良寛は、高野山を参拝しようと、このさみつ坂までやって来た。すると坂の登り口に、里の子供が、家計を少しでも助けようと、青竹の杖を売っている。なけなしのお金で、杖を買って、さあ、高野山に登ることにしようと詠んでいる。

この句は、良寛の『高野紀行』という紀行文にある。

「さみつ坂　といふところに、里の童の青竹の杖を切りて売りゐたりければ」

とある。

良寛にとって、高野山は、桜の吉野とならんで、思いの深くこもった土地であった。

98

つとにせむ吉野の里の花がたみ

季語はなく無季。

※「つと」は、その土地の産物であり、ここではみやげの意味。

※「花がたみ」は、目の細い竹籠で花や草を入れる。

桜の名所である奈良県の南部吉野を訪ねると、桜は素晴らしく、万山見渡す限りの桜の花盛りである。しかも山に入る里のところで、竹でできた小さな籠を売っている。聞いてみると、花や草を入れる籠だという。

是非これを買って、みやげとしよう。

この句は、良寛の紀行文『吉野紀行』にある。

良寛は、鎌倉初期の歌人、西行（一一一八年〜一一九〇年）に私淑していた。時代が異なるので直接的な交流はなかったが、西行を慕いながら、その歌等を模範として学んでいた。

西行は、鳥羽上皇に北面の武士として、仕えていたが、二十三歳の時、世の無常を感じて、佛門に入り高野山に籠り、晩年は伊勢を本拠に活躍した。

西行の『山家集』には、吉野山を詠んだ歌が多い。その中に次の一首がある。

吉野山こずゑの花を見し日より
心は身にもそはず成りにき

99

落ちつけばここも廬山《ろざん》のよるの雨

季語はなく無季。

※「廬山」は、中国江西省の北部にある名山。

国上山の五合庵に住んでいた良寛の素直な感懐が、詠まれた一句である。

この萱葺の粗末な庵に住み慣れてみると、あの中国の詩人、白居易が、「廬山の雨の夜　草庵の中」と詠んだように、ここもまたどんなことにも煩わされることなく、一人静かに暮らしてゆくことができる、良い場所であることよ、と詠っているのである。良寛の悠々たる心境、境地がうかがえる。

良寛の五合庵での暮らしぶりは、次の漢詩にも良くあらわれている。

生涯懶立身、騰騰任天真、嚢中三升米、炉辺一束薪、誰問迷悟跡、何知名利塵、夜雨草庵裏、双脚等閑伸。

私は、生まれてより、身を立てることには、気がすすまず、ただ自分の天性のまま、自由自在に生きてきた。食べ物といえば、頭陀袋に三升の米があり、炉辺には一束の薪があるだけだ。迷いや悟りという修行の跡など、全くなく、また名誉とか利益への執着心も全くない。雨の降る夜は草庵の中で、思いきり両足を伸ばして、ゆっくりと眠るのだ。

100

平生の身持《みもち》にほしや風呂上り

季語はなく無季。

※「平生」は、ふだん、日頃。

※「身持」は、暮らしの意。

良寛の暮らした国上山の五合庵には、風呂なんかない。だからもっぱら、水浴や、行水、そして、もらい湯である。

長い冬の季節が終わると、良寛は里に下り、最初に親友で医師の原田鵲斎の家に寄ったという。原田家では、良寛が来るといつものように、風呂を焚き、入浴させたという。

良寛は、風呂に漬かり、すっかりリフレッシュし、爽快感を味わったのである。

このように入浴は、ふだんの生活の中で必要であり、いつでも入りたい時に入浴したいものよ、と詠んでいる。

今日でこそ一般の家庭でも入浴の設備があり、毎日のように入浴できるのであるが、戦前までは、そうもゆかず、近所に「湯もらい」に行ったものである。

101

この人の背中に踊りできるなり

季語はなく無季。

※「この人」は、越後与板（新潟県長岡市）の町年寄で、酒造業の山田家のお手伝いのこと。

この句の詞書には、「与板町山田氏に肥大な下婢《かひ》の竈《かまど》を焚きているを見て」とある。

句意は、薪をかまどで焚くため、背中をかがめているが、その人の何と背中の大きく、広いことか。その広く大きな背中で、踊りができる程であるよ、と詠っている。

与板の山田氏は、名を杜皐といって、詩歌に秀でた文人であり、その妻よし女もユーモアを解し、良寛の良き理解者であった。そんなことで良寛は、山田家の人達と親しくまた気楽に付き合っていたようだ。

よし女は、良寛に綽名をつけて、からす、ほたる、かます等と呼んでいた。また良寛もよし女に、すずめという綽名をつけている。良寛とよし女は、お互いに綽名で呼び合うような親しい間柄だったことがわかる。

ユーモアの中に、何か心温かな心情が伝わってくるのである。

102
雨の降る日はあはれなり良寛坊

季語はなく無季。
※「良寛坊」は、良寛自身のこと。坊は僧侶の住居、転じて僧侶をいう。

国上山の五合庵に独居して、自然を愛で、人の世に思いをめぐらせ、詩歌を創作しながら、托鉢生活を送っていた良寛も、雨が降るとどうしようもなかった。

里の村々に下りて、托鉢したり、子供達と遊ぶこともできない。雨の日が何日も続くと、食べ物にも困ってしまう。だから托鉢僧として、日々を送っている自分が、本当にあわれに思われることよ、と詠っている。良寛の自分自身を詠んだ自詠の一句である。

この句には、こんな逸話がある。

ある雨の日、寺泊の知人の外山家を訪れた。外山家では、雨降りにもかかわらず訪れてきた良寛を快くもてなした。

以前から良寛の書を欲しいと思っていた外山家では、丁度よい機会だった。良寛に筆と硯と白扇を用意し、書を依頼した。

良寛は、仕方なく用意された扇子に、この句を書いたのであった。

103

うら畑埴生《はにゅう》の垣の破れから

季語はなく無季。
※「埴生」は、赤土のこと。
※「垣」は、土壁のこと。

良寛は晩年になり、住みなれた国上の山から、和島村島崎（新潟県長岡市島崎）にある木村家に移り住む。六十九歳の時である。

良寛の住んでいる木村家の部屋の裏にある野菜畑に行くには、こわれかけた赤土を塗った粗末な壁の所から行かねばならなかった。

しかし、今までの国上山の五合庵での暮らしとくらべて、山への登り降りはなくなったものの、ここは、何とも狭苦しく、暮らしにくいものだと詠っている。

良寛は、その時の心境を次の一首に託している。

あしびきのみ山を出でてうつせみの
　人の裏屋に住むとこそすれ

良寛は、この島崎の木村家に移り住んで、程なく年若く美しい貞心尼と出会うのである。

貞心尼は、良寛よりも四十歳も若く、一度結婚したもののうまくゆかず、今では尼僧となり、近くの閻魔堂に住み、佛法に帰依しながら、歌を詠みつつ暮らしていた。

かねてより良寛の歌にひかれ、かつまた佛法について、いろいろと指導を受けたいと願っていたのである。

そんな折、貞心尼は、木村家に良寛を訪ねるのである。おみやげとして、手まりと次の一首を携えて、

これぞこの佛の道に遊びつつ
　つきや尽きせぬ御法なるらむ

だが、あいにく良寛は、留守だったのである。

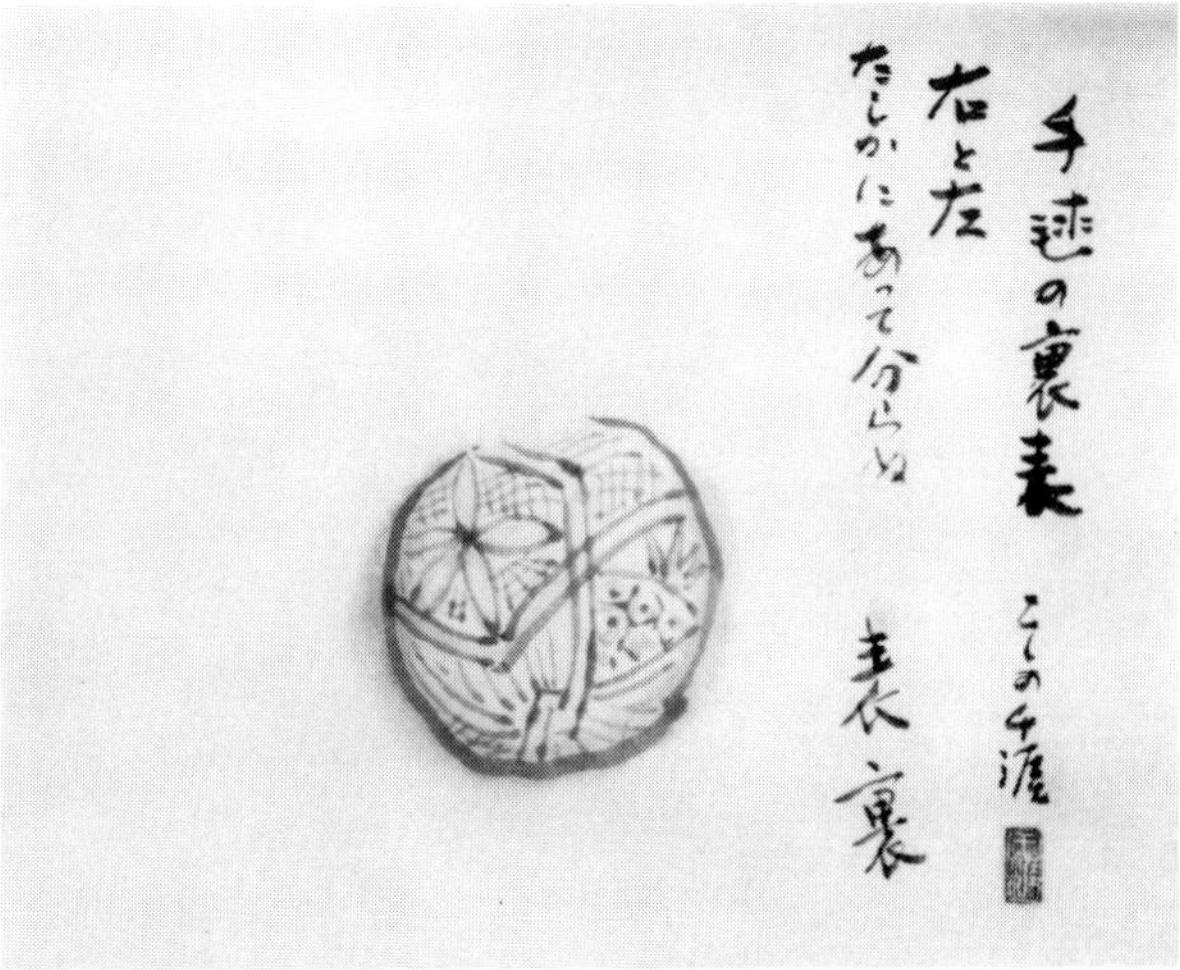

手毬の裏表　こしの千涯 画

104

倒るれば倒るるままの庭の草

季語はなく無季。

良寛が、晩年を過ごした和島村島崎の木村家の庭での句である。

この年（文政十三年）の暑さは、記録的な猛暑だったようだ。

良寛が寄寓している木村家の庭の草が、暑さですっかり生気を失い、枯れかかり、倒れてしまいそうだ。また倒れてしまった草は、倒れたまま起き上がろうとしない。何とも憐れなことであることよ、と良寛は、嘆いている。

良寛は、この年の、草も枯れるほど猛暑で、すっかり体調を崩してしまう。

そしてやがて、それから二年後の天保二年の一月に死を迎えるのである。

105

幾重《いくえ》ある菩提《ぼだい》の花を数へみよ

季語はなく無季。「花」は、季語であるが、ここでは花そのものではなく、特に優れたものの意味である。

※「菩提」は、悟りの境地。佛の智恵。

良寛は、この句で佛の教えを花になぞらえて、悟りの花は、幾重にも重なり合い、とても数えきれるものではないものだと詠んでいる。

良寛は生涯、自分自身の寺は特に持たず、もっぱら托鉢僧として生きた。しかし佛の教えを深く学び、常にそれを実践しようとしていた。

人は皆苦しみ多きものであり、釈迦は、この世は、「苦」であると説いている。その苦の根本は、いわゆる生、老、病、死である。更にこの苦に加えて、愛別離苦、求不得苦、怨憎会苦、五陰盛苦のいわゆる四苦八苦がある。

このような苦や迷いを取り除いてくれるのが、佛の智恵であり、また悟りである。佛の道への修行は、佛の智恵を学び体得することであるが、その体得は、人それぞれによってみな異なるのである。

良寛は、この句に於いて、佛の智恵は、計り知れないものであり、それを体得するには、一人、ひとりで見つけ出し、会得しなければならないと説いているのである。

106

可惜《おしむべき》虚空に馬を放ちけり

季語はなく無季。

※「虚空」は、大空のこと。

良寛は、馬が大変好きだったようだ。この句からも、充分察せられる。

この句の詞書に、「放れ馬の図に題して」とある。

句意は、誠に惜しいことであるよ。この馬を綱から放すと、意のままに大空を自由自在に、駆けまわることだろう。そして、再び手元には帰ってこないだろうと詠んでいる。

この句には、こんな逸話がある。

良寛が、巻町（新潟市西蒲区）のある寺を訪れた折、本堂に飾ってあった掛軸の馬の絵を見て、すっかり感動し、黙って賛を書き、急ぎ帰ったというのである。

良寛は、あちこちの馬市によく出かけたという。

良寛は、人から依頼されたものには、筆が進まなかったが、自ら気に入ったものには、すぐにでも筆を執ったようだ。また子供達が紙を展べて、頼めば、喜んで書いてやった。

107

来ては打ち行きては叩《たた》く夜もすがら

季語はなく無季。

※「夜もすがら」は、一晩中。夜通しの意。

現代ではこのようなことはないが、良寛の時代は、人骨をいろいろな事情から、墓に納めずに、そのまま原野や山裾に放置したのであろう。原野や山裾に放置され、風・雨や雪にさらされている「しゃれこうべ」を杖でたたくのである。通り過ぎては、また戻りたたくのである。このようにして、夜通したたいてやめなかったと詠んでいる。

この句には、「髑髏《どくろ》の讃」や「髑髏《どくろ》の形書《かたかき》て」の詞書があり、道元の著書『正法眼蔵』に由来するといわれる。

道元は、その著書の中で、佛道を修行するためには、身命を捨てなければならないと説き、死者の霊魂と天地の神霊である魂が、現在の不幸を、生前の修行のたりなかった我が身のせいにして、髑髏をたたくというのである。

この句で良寛は、佛道修行の厳しさと、道元等の先師の気迫を示したのである。

あとがき

奥越後の妻有の山寺に生を受け、ゆくゆくは寺の跡取りとして育てられた。幼い頃より母方の祖母からいろいろな昔話を聞かされながら成長した。その中に良寛の話もあり、少なからず興味を持つようになった。

また俳句との出会いは、先代の父が俳句を嗜んでいたこともあり、その影響で小学一、二年生の頃より、見よう見真似で句作するようになり、現在に至っている。

長じて、高等学校の教師となり、県内各地で生徒の教育に従事することとなり、校務多忙にまぎれ、次第に良寛から遠ざかっていった。

たまたま平成七年度より新潟県立分水高校に、校長として赴任する機会を得たのである。分水は、良寛が住んだ国上山の五合庵があり、そのお膝元で三年程暮らした。分水高校では、良寛との関わりが深いことから、「人間としての在り方、生き方について自覚を深めたい」という趣旨で、生徒に良寛研究を課題として取り上げていた。そのようなことから、生徒と一緒になり良寛研究に勤しんだのである。分水高校の生徒達は、良寛に関して、「良寛一人一作品」と称して夏休みの課題の一つとして、秋の文化祭でその作品を発表し合うことになっていた。

そんなことから、生徒と共に五合庵や乙子神社をはじめ近郊の良寛ゆかりの場所を見学し、そして良寛にまつわるいろいろな講演会などを聴きながら、良寛の歩いた足跡を辿りながら、学んだのである。

今、振り返って考えてみれば、不思議なことに、自分が寺に生まれたこと、僧であること、幼い頃から俳句に興味を持ったこと、そして分水での良寛研究のことなどから、良寛の俳句に関心を抱くようになったのである。

時あたかも今年は、良寛が誕生してから丁度二六〇年目にあたる。このような節目の年に、数年来心に温めていた良寛の俳句を、一冊の本にまとめることができたことを、うれしく思っている。

願わくは、この本が、良寛研究の一助となれば望外の喜びである。

またこの書籍を上梓するにあたり、考古堂・柳本雄司会長はじめ、企画、編集、出版に到るまで、心からなるアドバイスをいただいた佐々木克氏に感謝の意を表するものである。

平成三十年八月一日

主な参考文献

『良寛全句集』　谷川敏朗　春秋社
『良寛』旅と人生　松本市寿　角川学芸出版
『良寛坊物語』　相馬御風　新潟日報事業社
『良寛に生きて死す』　中野孝次　考古堂
『清貧の思想』　中野孝次　文芸春秋
『良寛禅師奇話』　解良栄重　野島出版
『良寛全集』　大島花束　恒文社
『良寛さん一〇〇話』　松本市寿　図書刊行会
『この世この生』　上田三四二　新潮社
『西行花明り』　土岐信吉　河出書房社社
『若き良寛の肖像』　小島正芳　考古堂
『会誌』第二六号　一九九五年　新潟県高等学校長協会

著者紹介　　金山　有紘（かなやま　ゆうこう）

昭和15年（1940年）十日町市霜条（旧川西町）に生まれる。
早稲田大学教育学部卒業
新潟県内の県立高等学校に勤務を経て、平成12年3月新潟県立新潟向陽高等学校長を最後に定年退職。
現在、生家である赤城山清龍寺住職

著　書「日英両語の比較研究を基にした英語音節の指導について」（弘武社）
「句集、山毛欅」（白南風社）
「俳句―その芸術性」（玄文社）
受賞歴　平成22年4月、瑞宝小綬章（教育功労）
平成25年12月、新潟出版文化賞　文芸部門賞
現住所　〒948-0141　新潟県十日町市霜条591

良寛の俳句 ～その面白さ

2018年10月10日発行

著　者　　金山　有紘
発行者　　柳本　和貴
発行所　　㈱考古堂書店
〒951-8063　新潟市中央区古町通4-563
TEL　025-229-4058　FAX　025-224-8654
印刷所　　㈱ウィザップ

ISBN978-4-87499-874-8